剩餘的天空

Broken Heavens

郭至卿 著

李瑞騰 主編

【總序】不忘初心

李瑞騰

一些寫詩的人集結成為一個團體，是為「詩社」。「一些」是多少？沒有一個地方有規範；寫詩的人簡稱「詩人」，沒有證照，當然更不是一種職業；集結是一個什麼樣的概念？通常是有人起心動念，時機成熟就發起了，找一些朋友來參加，他們之間或有情誼，也可能理念相近，可以互相切磋詩藝，有時聚會聊天，東家長西家短的，然後他們可能會想辦一份詩刊，作為公共平台，發表詩或者關於詩的意見，也開放給非社員投稿；看不順眼，或聽不下去，就可能論爭，有單挑，有打群架，總之熱鬧滾滾。

作為一個團體，詩社可能會有組織章程、同仁公約等，但也可能什麼都沒有，很多事說說也就決定了。因此就有人說，這是剛性的，那是柔性的；依我看，詩人的團體，都是柔性的，當然程度是會有所差別的。

「台灣詩學季刊雜誌社」看起來是「雜誌社」，但其實是「詩社」，一開始辦了一個詩刊《台灣詩學季刊》（出了四十期），後來多發展出《吹鼓吹詩論壇》，原來的那個季刊就轉型成《台灣詩學學刊》。我曾說，這一社兩刊的形態，在台灣是沒有過的；這幾年，又致力於圖書出版，包括同仁詩集、選集、截句系列、詩論叢等，迄今已出版超過百本了。

根據白靈提供的資料，二〇二〇年將會有六本書出版：

一、截句詩系

新加坡詩社　郭永秀主編／《五月詩社截句選》

蕓朵／《舞截句》

二、台灣詩學同仁詩叢

王羅蜜多／《大海我闊來矣》

郭至卿／《剩餘的天空》

三、台灣詩學詩論叢

李瑞騰主編／《微的宇宙：現代華文截句詩學》
李桂媚／《詩路尋光：詩人本事》

截句推行幾年，已往境外擴展，往更年輕的世代扎根了。今年有二本，一是新加坡《五月詩社截句選》，由郭永秀社長主編；一是本社同仁蕓朵的《舞截句》。加上二〇一八年與東吳大學中文系合辦「現代截句研討會論文彙編成《微的宇宙：現代華文截句詩學》，則從創作到論述，成果已相當豐碩。

「台灣詩學詩論叢」除《微的宇宙：現代華文截句詩學》，有同仁李桂媚的《詩路尋光：詩人本事》。桂媚寫詩、論詩、編詩，能靜能動，相當全方位，幾年前在彰化文化局出版《詩人本事》（二〇一六），前年有《色彩・符號・圖象的詩重奏》納入本論叢（二〇一八），今年這本「詩人本事」，振葉尋根，直探詩人詩心之作。

今年「同仁詩叢」，有王羅蜜多《大海我閣來矣》主題為海，全用台語寫成；郭至卿擅長俳句，今出版《剩餘的天空》，長短篇什，字句皆極精練。我各擬十問，讓作者回答，盼能幫助讀者更清楚認識詩人。詩之為藝，語言是關鍵，從里巷歌謠之俚俗與迴環復沓，到講究聲律的「欲使宮羽相變，低昂互節，若前有浮聲，則後須切響」（《宋書・謝靈運傳論》），是詩人的素養和能力；一旦集結成社，團隊的力量就必須出來，至於把力量放在哪裡？怎麼去運作？共識很重要，那正是集體的智慧。

台灣詩學季刊社將不忘初心，在應行可行之事務上全力以赴。

郭至卿答客十問

李瑞騰

1、妳寫俳句，曾與人合著《華文俳句選》，曾出版《凝光初現》。妳會參與這種由日本傳來的詩體創作，除了同儕影響，和妳讀「東語系」或許有關。請妳談談這個因緣。

答：

寫華文二行俳句是偶然間參加網路社團的徵文開始寫，大學時期並沒有寫俳句。剛開始不知道規則，看徵文說明是：「切」、「兩項對照組合」、少用形容詞等。我寫的第一首俳句，「女孩銀鈴的笑聲／春天的花園」，永田滿德評為好俳句。我因此受到很大的鼓勵。因緣際會下促成五人合著《華文俳句選》。之後，再次出版《凝光初現》，中、英、日，三國語俳句集。

2、俳句二、三行，十七個字，和五絕的四行二十字接近；近年華文詩界興起截句寫作，總的來說是「短小」，也可以說是「短詩」或「小詩」。妳寫的現代新詩，也有「短小」傾向，妳對於這種「類」特徵，有什麼體會？

答：

俳句是寫看到某場景和某事物（寫生的概念）的心靈感動。

近年興起的截句、短詩、小詩，我想概念差不多。都是對某景某事的感觸，感動的深度與文字的多少，我覺得沒有太大關係。而是文字切入點不同帶給讀者不同的思考。

例如：這本新詩集中輯八的〈貓劇〉、〈盛開〉都是從我的俳句集《凝光初現》中的俳句得到的靈感。同時這兩首新詩也獲英譯刊登在中華民國筆會英文季刊，台灣文譯2019，No.189中。本書中輯八〈盛開〉「怎麼也寫不完／小說的最後一頁／春天將「待續」／掛在窗外瓣葉的層疊上／／花棚的紫藤／垂下纍纍詩句」。這首短詩，是從我的俳句集《凝光初現》「窗外盛開的紫藤／愛情小說」，延伸寫成的短詩。

詩是精簡、跳躍的語言，俳句是精簡、樸實自然的語言。我想「真」是俳句和短詩（詩）的共同點。

3、妳這本詩集在分輯上的考量如何？有幾輯特別少（三、四、七、八），為什麼？

答：

這本詩集分八輯：

輯一「春天的枯原」：因喜歡看電影，若看較國際性、社會議題的影片常有一些感觸，如奧斯威辛集中營、印度女權、童婚等等。

輯二「四季」：輕輕詩寫平日所見的事物。

輯三「剩餘的天空」：第一次去陽明山的草山玉溪，建築、園區很有設計感，以這些照片詩寫六首詩。

輯四「世界翻到口罩這一頁」：二〇一九年底開始的COVID-19新冠肺炎到目前二〇二〇年九月，疫情仍未止息以這段時間的感觸所寫的詩。

輯五「祖母口中的月亮」：以家人、朋友的經歷、故事，和相處的記憶寫下的詩。

輯六「結與節」：人生有多少心裡的結和節日。結與節，看似沒關係，卻互有牽連。

輯七「搖滾的旗袍」：台北的今昔、淡水無論如河獨立書店、參與寶藏巖訪談、詩寫在地村民計劃、歷史的溫度與記憶的詩。

輯八「演出」：古詩的新詩解構，和三首我的俳句新詩解構。〈貓劇〉〈盛開〉獲英譯刊登在台灣文譯2019，No. 189。

每一輯有一個主題性，我沒特別把每一輯的詩數目編排差不多。

4、輯一頗有國際性，從納粹屠殺猶太人、印度種姓制度之於女性的壓迫、香港反送中、薩爾瓦多父女之死等，死亡、凋萎、消失、埋葬、囚禁、破裂、霧霾等等，這個世界怎麼了？

答：

輯一「春天的枯原」：是較嚴肅的幾首國際議題的詩。從奧斯威辛集中營、印度女權、童婚、薩爾瓦多偷渡、戰爭、精神障礙者等議題，最後是〈孤獨一座宇宙〉詩人的感慨。

我喜歡看電影，也關注人權、生命的報導。對不平、無助的現況，常有感而發。對較沉重有討論性的主題，從人權、性別平等的觀點來看，詩人只能以文字表達對生命的感嘆。

5、輯二、五、六的量，相對比較多，也比較日常，其中應該有很多妳自己，但妳似乎很節制。像〈那些年的飢腸轆轆〉、〈祖母口中的月亮〉、〈她，老屋內的黃昏〉、〈人間的布提袋〉、〈家家酒人間〉等有自傳性嗎？

答：

工作的關係認識職場上很多女性朋友，她們身上有不少耐人尋味的故事，也看到很多認真、努力生活的女人。因為我自己家族成員眾多，成長過程中也時時受到祖母、姑姑的照顧，對我的影響很大。她們的一生是溫柔與堅毅兼具的詩篇。

輯五「祖母口中的月亮」中的詩，是我在她們身上看到的故事和光芒。女人如月光，有手撫觸的溫度，也像用不完的星光，既使楓紅過了，回憶仍活著。

輯五的二十三首詩的詩題，連起來就像聽一首女人一生的詩。

祖母口中的月亮／火花／未竟／閱讀今日／她，老屋內的黃昏／升起，如煙／雕像站出光影的往事／單行道／用不完的星光／裝著人間的布提袋／泡茶／不對你說，別想太多／手機鈴．想．不響／墓園／把夜響出來／賄賂時間／望／養夢／晾衣服／一首從冬天出走的詩／涼味／楓紅過了／回憶活著

這像不像一首詩寫女人一生的詩呢！

6、妳有些詩很短，還分段，像輯二中的〈盲〉、〈蒙娜麗莎〉、〈比薩斜塔〉，都是三行二段，或上二下一，或上一下二，在寫法上有分別嗎？為詩之用心何在？

答：

詩寫好後，我有朗讀幾次的習慣。分段有時是情緒的轉換或留一

點想像的空間。例如：

〈盲〉「牆上自囚的影子／遼闊了不翻頁的黑夜／／踮腳顫抖」投影在牆上的影子拉長、遼闊了黑夜，那是什麼景象呢？那位等待的人踮腳引頸期盼著……。空一行是為了加深這首詩的情緒。

〈蒙娜麗莎〉「她把微笑掛在牆上／／悲苦的人啊！／帶走她的心情吧」這首第一行後的空行，是想像的空間，讀者可以想像掛在牆上，她的（蒙娜麗莎）微笑。所以悲苦的人請帶走她的微笑吧！

〈比薩斜塔〉「有時真要學你　歪頭／看世界／／誰說年紀大不懂嘻哈」這首的空行也是讓讀者對比薩斜塔的意象有所聯想。一方面調侃世事潮流，一方面也幽默努力要趕上世界步調的人。

7、輯三六首，很特別，都配圖，不知先有圖再寫詩，還是寫了詩再配圖？看起來像一組作品，寫天、寫地、寫時間、寫處境、寫人生。

答：

輯三的六首詩是參觀陽明山玉溪有容教育基金會的草山玉溪園區，石雕、草原、獨特的建築、寧靜寬闊的氣氛和視野，帶給我深刻的感動，以當時拍的照片，所寫的詩。

因為很特別的庭園設計，我把那份美和震撼寫成詩。而園區內的展出就是天、地、人生、時間、處境寫成的詩篇。

8、輯四才五首，全是這一次疫情之作，病毒肆虐，口罩排隊，花朵疼痛，就連夢也變得狡猾起來，怎麼翻下一頁？怎麼收復失土？難道這世界只是作了一場夢？

答：

環保、人權早已是國際議題。二〇一九年底的COVID-19新冠肺炎更是地球村民共同要面對的世紀災難。世界歷史翻到這一頁總算世界大同，意即地球村民人人得戴上口罩的歷史性畫面。自有國際航空以來，這次全世界的機場停滿飛機，全球景點、繁忙的街道都淨空的難得景觀。這是無言的時候，也是讓人類重新思考的契機。人類智慧果真能處理任何問題嗎?!何時能結束這場世紀災難，似乎還沒有看到終點。（截至二〇二〇年九月十九日止，全球累計3050萬例確診、至少95萬3025人病故）

9、輯七以「搖滾的旗袍」喻指台北城，旁及周邊，妳寫了寶藏巖和淡水河畔的無論如河獨立書店。在這裡，傘下，才真正有了「淋溼的鄉愁」嗎？

答：

因為歷史、地理上的位置，台北有多種面貌。有傳統建築、文化，也有國際潮流的氣息。就像搖滾樂下穿著旗袍的女人，跟上世界潮流又有典雅的氣質。

淡水河畔的無論如河獨立書店，更看到四位女性護理師實現理想的堅毅，整個過程跟傻勁，是一首感人的詩！

我參與寶藏巖村民訪談與寫詩的計劃。〈寶巖不老〉、〈傘下〉是訪談後的詩作。聽他們說著往事，從眼裡我看到堅強與韌性。倚著山勢層疊的鄉愁即是寶藏巖的樣貌。

輯七的四首詩有歷史和地理融合的文化美感，看到不墜的生命之美！

10、輯八「演出」，或稱古詩解構，意取某詩；或稱意取己作。這種寫作，從接受到再創造，要有新意新境，並不太容易。妳的想法如何？

答：

我讀詩人洛夫的《唐詩解構》非常感動！用古詩重新解釋、再造意境寫成新詩，這是很有趣的嘗試。

同樣讀一首詩，每位讀者的理解不同，如以一首詩為基礎，再延伸寫出第二首詩，想必因每人感受不同，寫出的第二首詩的情境也會大不相同。

而古詩因時空背景不同，人、景物跟現代不一樣。所以以一首古詩為基礎，用新詩的書寫方法來寫，加入現代的觀察，更多的題材與元素，更能豐富新詩的內容和多樣性，詩的表現方式、設計和音樂性，也賦予新詩更活潑的樣貌！

在剩餘的天空下——
郭至卿的第一本詩集讀後

向明

自古以來中國各類文學範疇中，一直以詩這一類最囂張，總會不時鬧出些新花樣讓人震驚，常會不甘蟄伏的提出一些新主張、要人跟隨，跳出窠臼。常常會有人拿清末王國維先生在其所著「人間詞話」中這樣的話奉為圭臬：「蓋文體通行既久，染指遂多，自成習套，豪傑之士亦難於其中自出新意，故遁而作他體．以自解脫。一切文體所以始終衰敗者，皆由於此。」只要是作為一個創作者，無論是初入行，或者是陷入既深且久，無不把這幾句話視為警鐘，隨時在要求自己不要衰敗，不要落於人後，作不到「語不驚人死不休」，也要作到是一個具有創意的詩人。這是我在初讀至卿這本厚厚的詩集的一個總體的概括的看法。她在這本詩集裡所作的各種努力，無不是有著求新求精的總體傾向。

首先我從第一眼即看到的書名著手。記得早年我曾作過一次對詩題目的研究，寫過一篇題為〈詩題趣談〉的文章達一萬五千字。我把我曾看過的詩的題目分為九類，奇奇怪怪不勝枚舉，各個詩人有各個詩人的怪癖，有個愛沙尼亞的女詩人把大疊詩稿給我看，前面既無詩題，中間也分不出那是另一首，我以為她漏打了，問她，她詫異地反問我「詩一定還要有題目嗎？如果有必要，詩的第一行就是題目了。」問題是，沒有題目，我怎知道那裡是你詩的第一行。後來多年後在台北國際詩歌節，遇到一位也是來自波羅底海的愛沙尼亞年輕詩人，才知那是他們的詩傳統，詩的第一行即是詩題。他們自己知道哪裡是一首詩的開始。洛夫的名詩集《石室的死亡》在初版出現時，曾經在扉頁上印有一行醒目的字「詩題是大衣左邊的一排鈕扣」。在序言裡他說：「詩成之後，苦於命題，這是過去沒有的現象，我一向覺得詩的題目猶如大衣左邊的一排多餘的鈕扣，對詩本身沒有必然的意義。」現在我看到至卿的詩集取名《剩餘的天空》，我也感到有點突兀，但是也見怪不怪了。就在今天的報紙的民意論壇上．方祖涵先生的論壇題目為「暫停轉動的世界」，不也是同樣為當今世態窒息，不得不停止一切有益或無益的活動，而躲在「剩餘的天空下」苟活麼？真詩人都是活在當下的見證者，從來不打高空。

至卿這本詩集分為八輯，每輯都有一個主題，以每輯的第一首詩的題目為該輯的題目，我們可能從這一首詩的內容，看出那一整輯所要表現的內涵或詩的屬性。而各輯所收的作品多少不一，第七輯只有四首，而第二輯卻有三十三首。總體而言她的詩多屬短製，或以短小的詩結合成組詩，最長的也不超過二十三行。我很後悔那次她的俳句新書發表會，我在旁邊對至卿說不要光寫俳句，各種形體的詩都要去嘗試寫，這樣才可考驗出自已對詩文學的潛在實力。現在看來，我真孤陋寡聞，對她缺乏實際深入的瞭解，其實她是東亞語文學系出身，從日本文學中學習到日文中的古典詩俳句，本乃她必修的功課。她對詩的涉獵和學習，早已超越我這老邁遲頓的視界；她對詩的認真和努力，早已有在各詩刊發表的作品作證明。至卿對詩學的興趣更廣，更具野心。她的書的第八輯題名為〈演出〉，是對三首古詩及自已寫的三首俳句作出解構。這是一種更大膽冒險的書寫嘗試，就台灣詩界言，只有老一輩詩人洛夫曾經寫過一本《唐詩解構》。余光中十年前也曾對一首唐詩〈哥舒歌〉的五言詩，作過解構式的閱讀。至卿有此繼起的勇氣，是值得肯定的。她自稱她在五年前才開始用臉書，寫的詩也才開始露臉。但因本業是國際貿易，與歐洲的時差達六小時，常常夜間還在工作，所以對詩的照顧就少了些。這次出書是對自已作一階段性的驗收。

讀至卿的這麼多的詩以後，由於她的詩的語言靈動甚或乖張，就像魔法師的門徒一樣耍弄，非常討喜。我不由得想到，忙了一生的詩，這勞什子到底是什麼德性這麼迷人又沾人？現在從她詩中發現，其實是人的想像力和修辭學的巧妙結合，讓人看到意外不同的現象面和奇幻界，使人讀來感到有新鮮刺激的快感而捨不得放棄它。現在就以幾首小詩來使我們的眼睛驚豔一下。

〈人生觀〉

*

貧血地唱歌
或　塗上金粉
死去

**

著火的文字啊！
企圖以舞蹈扭曲世界

這兩曲短歌，一前一後其意象所暗示的，不恰切的寫出作為一個寫詩的文字工作者的無奈和悲哀麼？多麼的切中要害的諷刺呵！

再看一首八行詩〈不拿筆的畫家〉：

盡情畫吧！木棉花
天空是你的畫布
世界陰冷需要你的火紅
代替閉眼的太陽

我是路邊的小石頭
仰望你
仰望天
仰望日子沒有表情的飄過

看過這首詩，我會習慣性的在稿紙邊空白處寫下幾個字，這首我寫的是「多麼叛逆！」，為什麼會有這麼不理性的直感？這就是這首詩所帶來的對我的反應。這應是一首詠物詩，詠物詩的特別的地方就要有「我泥中有你，你泥中有我」的互文性交織。作者對木棉花說「世界陰冷需要你的火紅／代替閉眼的太陽」，其實都是作者自己對這世界的不滿，讓木棉花這一意象來代言。木棉花年年開得火紅，到處都有歌詠木棉花的詩，但多半都是線性描述歌頌的老套。至卿詩中的這朵木棉花敢於批判世界，數說太陽，這不是有強烈的叛逆性是什麼？

看來本性嫻靜成熟，不太說話的女詩人，除了骨子裡的那股執著以外，其實她的詩中也會有幽默，搞笑和反諷的亮點。譬如這首只有五行的〈牽牛花〉：

拉著陽光拚命爬，以為
登上劃過圍牆的彩虹
世界會不一樣

她，不喜歡
這名字

女詩人看出，即使野草間，花也有它一探世界究竟的野心。再看這首〈比薩斜塔〉：

有時真要學你　歪頭
看世界
誰說年紀大不懂嘻哈

其實這首短詩是女詩人在KUSO不得不歪著頭看世界的斜塔。人間不也有好多和斜塔一樣身不由己的可憐蟲？再看這首〈蒙娜麗莎〉：

她把微笑掛在牆上

悲苦的人啊！
帶走她的心情吧

達文西的這幅油畫上，那個女子的一臉微笑，永遠透著神秘難解的迷人。女詩人呼籲悲苦的人，將牆上掛著的微笑心情換上帶走。多麼可貴的善心呵！只是，那本是達文西虛擬的情境，那能當得了真。

現在，正如女詩人在輯四的題目所言「世界翻到口罩這一頁」，全世界各地的人都必須帶上口罩，以防如中世紀在歐洲肆虐，造成幾乎半個歐洲的人口被黑死病吞食的悲劇再度重演。女詩人書中的第四輯即為呼籲大家齊心響應抵抗病毒蔓延的一輯，共有五首詩。此為醒目的第一首：

〈世界翻到口罩這一頁〉

終於
世界大同了

口罩排隊如行走的輓聯
文字小心呼吸
彷彿打個噴嚏　就是
畫上句號

這一頁
不同膚色的驚恐
詩首、詩尾都舉出公告：

拯救臥病的土地
拯救被囚禁的靈魂
拯救無數躲藏的腳步聲

於是
世界有了共同敵人

如自休眠醒來的獸
趕走杜鵑花，悲愴春天
隱身於空氣
成為今天的焦點

怎麼翻下一頁？

女詩人為抗病毒所寫的這首詩，可說有震天價響的驚人功力，和絕對不同凡響的意象語言。語不驚人死不休的揶揄，嘲諷這世界的無知和野心。病毒的肆虐和為惡早有前車可鑒，可人總以為自己萬能，可以勝天，無止境的破壞生態環境，造成毒害自己的大量污染，不如這樣說，這次病毒的復甦，事實上是大地和上蒼對地球人的一種嚴懲。女詩人說「世界有共同敵人了」，不如說這共同敵人就是我們自己，自己作的業障必須自己來承受。至於怎麼翻下一頁，更是考驗我們人的智慧了。女詩人的個人詩集中有這樣警示當前全人類共同困局的一輯，真是語重心長。

二〇二〇年三月十三日

剩詩娛生——
郭至卿《剩餘的天空》序

白靈

人類對於含混不清之事或物，總能生出無限好奇心。明明真相只是其一，經眾舌一攪活，往往就羅生門起來。宇宙萬象亦如此，從來皆眾說紛紜，莫衷一是，詩就有了間隙可插手。於是詩者，乃往來於此與彼、非此亦非彼、似此又似彼之間，意圖搔癢或騷動人們心頭那欲說又說不出口，說出又彷如囈語或咒語的那個什麼。

欲說又說不出口、堵在心頭的感受人人皆有，有如夢話的囈語或咒語也時不時會在半夜裡出現，以是越光怪陸離的時代，如當下疫情鎖住整座地球空氣、令人難以自由快活呼吸的二〇二〇年，就越接近詩，只因人人都想吶喊啊！

人們一定也奇怪，這十年來寫詩的女性，越來越多，她們一定有欲吐不快的石頭哽在喉頭，不以囈語或咒語似的詩訴說，如何說得清楚？「一隻飛鷹越過湖邊的石像／詩在矽質的灰白上奔跑」（郭至卿），飛鷹像掌控天空（社會）的權勢，詩是地面（個人）細碎奔跑的光影，說了什麼，又什麼都沒說，不說又不快，而美和創意就藏在其中。

這些女性詩人首度亮相大半在網路詩版或臉書上，更奇特的是她們有不少是人到中年，或含蓄點說，要到青壯年才開始「詩起來」的。此現象也非奇特，前此上世紀八〇年代的席慕蓉38歲才出第一本詩集已開了先例，其後陸續出現的葉紅、陳育虹、江文瑜、隱匿、夏夏、薛莉、紫鵑、葉莎、葉子鳥、阿米、項美靜、劉梅玉、龍青、愛羅、閑芷、曼殊、千朔、曾美玲、王婷、胡玟雯……等也大多在中年前後才接續向詩國出發。這年紀的女性大多已經歷人生情場或家庭紛擾起伏，對那游移不定、若夢似幻的情愛有所了然或覺醒，要不即傷痕累累、好不容易脫困而出，卻轉頭發現詩是另一療傷止痛、紓發哀怨、甚至可再與之糾纏不清的新場域。加上近年智慧型手機、推特、臉書、微博、微信、line等一堆網路社群的便利性，使許多女詩人仍可躲在一角，維持其行事低調、宅女書寫、可有可無的作風，如此仍大大區別於為數不少的男性詩人在各式媒體分立門戶、設立網路詩群、網上網下四處衝闖的風格。

這本詩集《剩餘的天空》的作者郭至卿出發得更晚，遲至二〇一五年才開始接觸新詩，二〇一六年開始創作，二〇一七年大量湧發，二〇一八年與吳衛峰、永田滿德、洪郁芬、趙紹球等人合出《華文俳句選：吟詠當下的美學》一書，二〇一九年獨自出版《凝光初現：華文俳句集》，專攻俳句小詩。今年再接再厲，將其他形式的詩作合集為《剩餘的天空》一書。由這些努力，可以看出郭至卿一旦投入即全力以赴的個人特質，乃能在短短四年之內即得詩集二冊。

難得的是，畢竟郭氏出入國際商貿多年，看盡世間險惡矯詐、人生歷練不少，一出手就有一定高度，不拘泥於一己小情小愛，文字嫻熟、意象不俗，宛似寫作多年的老手。由此書名稱《剩餘的天空》，亦可看出郭氏的生命體認，她由尋常空間的視覺看出隱於其間的時間意涵。因此或可由此集同題的作品〈剩餘的天空〉一詩切入：

天空擠進格子裡
撐出多角形的穹頂
陽光切磋日晷
一寸寸寫出詩的善變

雲朵的移動　如女媧
補幾筆透明的神話

天光在地上框架陷阱
兇器如國王的新衣
影子紛紛跌入

夜晚降下牢籠
撒下希區考克的懸疑
只有月光撥開黑暗

早起的鳥兒　衝進
日出洩密的方格內
叼起一片曙光　難道要
縫補天空的破衣裳？

此作附有一充滿繩索格子的攝影作品，看似足球守門網但又不像，也可能是什麼造型藝術，作者或由此而獲靈感，然而讀者卻不必理會其來由。只要由詩中出現的「格子」、「多角形的穹頂」、「日晷」、「牢籠」、「方格」等字詞，略知身處於有限的空間中，也可想像是住所的窗櫺、天窗或任何有限空間面對的出口，於是由此窗或格或口切下的「天空」自然是極其侷限的。光影隨日月漂移，「陽光切磋日晷／一寸寸寫出詩的善變」自然順理成章，也帶出了作者的想像、思索和心情變化，如此白天「雲朵的移動　如女媧／補幾筆透明的神話」是愉悅的，天光設下陷阱如兇器、「影子紛紛跌入」則是疑神疑鬼的。到了夜晚，則「降下牢籠」有如「撒下希區考克的懸疑」令人恐慌錯亂，唯有月光能來撥開黑暗。待挨到天明得到鳥叫及曙光像獲救贖，但能來縫補的也只餘破衣裳般的天空了。

此詩看似借有限空間之日夜光影明暗變化，寫心情的起落跌宕，其實更像是作者以一日寫一生，以光影寫生命的無常。說的或是人始終或根本活在受控社會中、乃至宛如螻蟻般在「剩餘的天空」之下討生活，唯有在其中思索、想像、神遊或只是單純地紀錄，就是生命全部的意義了。

如此，若自〈剩餘的天空〉一詩出發，郭氏此詩集大半作品無不多少隱含了這樣的世界觀、生命觀、乃至感情觀：我們莫非在別人早已寫好的劇本、切割完的天空下暫據一角，陷阱被框架好，如國王新衣般的兇器要我們引頸以待，認命的就如影子般跌入，不認命的且看雲朵移動、日子透明如神話。牢籠是必然的，卻可待月光來撥開黑影，或等不知死活的鳥兒叼來曙光縫補缺憾。於是所謂「剩餘」，可悲觀也可樂觀，但看如何認定，是囚則如牢籠，是逃則可如鳥兒出入，以是有思和有想無比重要。無論如何，人一方面要宿命，因為人人都活在「剩餘的天空」下，但又不必完全宿命，因為意識和夢是無法被豢養的。或可說，《剩餘的天空》一書最終要以「詩的善變」彌補運命的善變，乃至成了郭氏一種認知存在的方式。說不定，詩就是衝進郭氏生命中來的那隻鳥兒，要「叼起一片曙光」「縫補天空的破衣裳」。

此外，我們由郭氏此書中的命題如〈春天的枯原〉、〈凋萎的渴望〉、〈誰能埋葬疑問〉、〈碎裂的鴿聲〉、〈無法拔出的黑色漩渦〉、〈被打翻年味的土地〉、〈夢變得狡猾〉、〈往事掛上鎖〉……等的詩題傾向，即可約略看出她的「黑色思想」，但她的書寫對象早就不是自己，而是這世界充滿斑駁陸離、畸形扭曲的現象和事件，她不能視而不見，她要說要喊要批要記，至少讓存在過的委屈和遺憾不被遺忘。比如下舉數首詩的片段例：

1.

你們在樂聲中跳舞，挖掘
自己的墓穴，音樂終止時
開出死亡花朵
遼闊一片空中墳墓
呼吸，不再仰頭

（〈春天的枯原〉）

2.

宗教與窮困伸出父權的手
為瘦小的童話披上華麗嫁裳
幼小的眼睛一夜瞪大
噤聲　喘息　不敢正視青春

（〈凋萎的渴望〉）

3.

生命是一只短褲，如此輕

輕得停止在泡沫上
相約一起長大的夢想
好遠　也好甜　卻薄如蛋殼
竟和他並肩游進死亡

（〈誰能埋葬疑問〉）

4.
恐懼的細胞繁殖在戰壕裡
戰爭進行曲震聾口袋的相片
只有四周牆壁伸出手
抓住四竄的槍聲

母親的呼喊聲，趴在
壕溝旁
注視他眉睫下已破碎的臉
孤零零的腳
踢出剩餘的勇敢

（〈碎裂的鴿聲〉）

首例是寫二戰時納粹在奧斯威辛集中營對猶太人展開的大屠殺，可歌可泣之事罄竹難書，作者以音樂形容死亡的進行式，樂止，屍煙滿天，彷彿「遼闊一片空中墳墓」，充滿悲憫、不忍與憤慨。第二例〈凋萎的渴望〉寫印度種姓制度下女權低微、女娃初啼其「幼小的眼睛一夜瞪大」、「噤聲　喘息　不敢正視青春」，而有趕快凋萎的渴望，只基於凋萎可以換取自由，因為生為女性即如「一株花朵被眾神遺忘」即使「掌管生死的聖河」和「瑪哈陵尊貴的白」都只能「靜默地看著」，此詩為同時代不同地區的女性發出了不平之吼。

第三例〈誰能埋葬疑問〉寫薩爾瓦多籍父女著短褲於美墨邊境偷渡時喪命，美國對第三世界的人們而言有如傳說中地上流蜜的遠方，豈知未入已在岸邊掉進「開闊的墳墓」中，於生命輕如一只短褲，「輕得停止在泡沫上」，詩人舉重若輕，藉短褲、泡沫以及「以為游過大海就能飛成鳥」等尋常事物及疑問句構築不可承受的死亡意象，不直說而間接哀悼與批判，令人讀了不勝唏噓。末例〈碎裂的鴿聲〉更直接寫戰爭的殘酷和荒謬，上戰場的年輕人恐懼莫名甚至不知為誰而戰，但戰爭進行曲不因而停止，反而「震聾口袋的相片」、「只有四周牆壁伸出手／抓住四竄的槍聲」，以物擬人，反而更能表現身處其中人的慌亂和無以遁逃。末了更讓母親面視戰壕死亡兒子破碎的臉，不直說其殘忍和欲哭無淚，反而說「孤零零的腳／踢出剩餘的勇敢」，應是死者欲逃逃不了的臥姿，到末了只有「把母親和情人的眼淚裝罐」才能「祭祀戰爭」了，全詩不用誇張字眼而越顯和平碎裂、戰爭吃盡淚血的悲壯場景。

上述所寫內容均與男權掌控的天空和滋事闖禍的世界有關，女人和小孩是池魚之殃，反抗不能，往往只有承受和幫忙收拾山河的份，郭氏所寫是無聲的批判。也因此，詩人對被這樣的世界催老的時間特別敏感，比如下列這些詩的片段例：

1.
白色窗格切割陽光
多邊形的影子擺陣侵略性的隊形
時間跑累了
累得像三千年前的一把鈍刀
挖出空氣的寂靜

（〈時間不曾停蹄〉）

2.

不要說
歲月總是把妝畫老，時間
已被漏過許多
每個表情都在分秒間
絕版

（〈草山的漏窗〉）

3.

秒針在母鳥餵食幼鳥瞬間
變得恆久
山靄擅於收藏時間
讓我們忘記滴答
時間不需開口
卻教會我們遺忘與蒼老

詩人把億萬光年收進書裡
每翻一頁　都與地球轉動
擦出火花

（〈智者〉）

4.

故事是一具戰鼓
響亮在時間的千里外，鼓聲
落下　擊痛歷史

諸神只是聽著

當年
細節鞍上戰馬
奔波的回聲　餘響只凝在
雕像望向黃昏的眼裡

不再擊鼓
大河聲勢依舊

（〈雕像站出光影的往事〉之〈雕像〉）

首例寫來自天空的陽光任意投射大地，讓事物顯現變化不定、野心勃勃的光影，只有時間在其縫隙如常穿梭，「累得像三千年前的一把鈍刀／挖出空氣的寂靜」，說的或是千年不變的總是鏽朽與消亡，我們就且靜觀看待吧。第二例較積極些，即使歲月催人老，仍有變化隱藏其間，因為「每個表情都在分秒間／絕版」，值得賞玩回憶。第三例更積極看待時間，「母鳥餵食幼鳥」的一瞬令人看傻，山靄讓時間彷彿消失，甚至忘記滴答，然而時間仍有基本質，永遠令人「遺忘與蒼老」，只有詩人可以把億萬光年的每一頁「都與地球轉動／擦出火花」，肯定了詩在時間流逝中有其光芒和價值。末例說的是雕像往往表徵與歷史和戰爭，而且多半是死人無數的悲劇，「響亮在時間的千里外」代表久遠不堪回憶，「諸神只是聽著」有不能如何也無法挽救，只能於「雕像望向黃昏的眼裡」看到一點餘響，而末段說戰爭遠了，然而影響仍在，如「大河聲勢依舊」，深刻於後代子孫的骨血裡。

由以上這些詩皆可看出郭氏堅毅處世、同理歷史和悲劇、深具憫人悲天的情懷。而她較優柔溫潤的女性特質則需仔細尋找才能覓出，比如下列詩作片段：

1.

她的話很輕
沒有可以坐穩的椅子
她說，女人是月亮
被雲擦傷後更顯光芒
父權築起的高牆
攔不住被磨亮的月光

（〈祖母口中的月亮〉）

2.

暴風雨後
湖底巨石更見誠懇
如她眼裡的清澈
是否一彎彩虹　一串鳥鳴
才是詩的視野

哦！我看到
她的眼中
挺直一柱黃昏的背脊

（〈餘光〉）

3.

自從夏娃在樹上摘取蘋果
就知道她可以輸血築夢

直到踩疼一地枯萎
仍相信
可以養胖下一個春天

（〈養夢〉）

4.

繞個彎就移開整座山
哲人的犀利
女人的身段

有時海有時淚
有時鏡子有時冰

（〈人間五行〉之〈水〉）

女性總被社會制約為柔弱、溫婉、生養後代的固定模式，她們有如遊牧民族生活在河谷男權為上的民族中，沒有自己的歷史和聲音，因此郭至卿在首例才會說「她的話很輕／沒有可以坐穩的椅子」，但「女人是月亮／被雲擦傷後更顯光芒」，因此父權的高牆也「攔不住被磨亮的月光」，充分顯現了21世紀女性的覺醒和自信。第二例說男人玩糟的世界如暴風雨洗掃，她不認同彩虹和鳥鳴「才是詩的視野」，女性自有定見，只要「眼裡的清澈」如「誠懇的湖底巨石」，那麼眼中自能「挺直一柱黃昏的背脊」，安渡險峻的時代。第三例說即使女人是夏娃有「摘取蘋果」的原罪，她也始終能「輸血築夢」，就算形勢險惡到「踩疼一地枯萎」卻「仍相信／可以養胖下一個春天」，獨立自主到不行，幾乎是否定了男人存在的必要。末例〈人間五行〉之〈水〉只用五行即把女性軟柔、犀利、溫婉、可大可小、可靜可冷峻的多面向呈現無遺。

郭至卿在短短四年間得詩集兩冊，且出手即不凡，顯然並非偶然，除了人生歷練外，與其長年的文學底蘊和素養也有關，此由此書末輯嘗試對古詩解構、對俳句體的季節思索均有深切的體悟略可看出。如〈問與答〉一詩意取賈島〈尋隱者不遇〉：「松下問童子／言師採藥去／只在此山中／雲深不知處」，卻有自己的觀察和角度：

問松樹
如何撐起一片天
樹枝捧雪回答

問高山
如何不動
山披上四季
無語

問飛鳥
自由是什麼
幾根翎毛孤獨了天空

問霧找心
他頭也不回，遠了
卻走來一隊雨聲

郭氏此詩沒有童子也沒有師父，問的對象只有松樹、高山、飛鳥和霧，他們皆不言，改以具體形象回答，松要學「捧雪」才能撐天，山得「披上四季」才得如如不動，鳥高飛得掉「幾根翎毛」才體悟得到自由其實是「孤獨了天空」。霧中要摸心何其難、「走來一隊雨聲」回答了，像是說「變即心」，又似乎不是，其中何意，端在個人體會。沒有確切的回答才是高明的回答，郭的詩深得其意。

讀此集，其實是讀她的信與不信，如此文一起初所述，郭氏認知到人人都活在「剩餘的天空」下，要宿命又不必完全宿命，只因意識和夢是無法被豢養，她相信「手中的筆是不朽的權杖」，最終人要以「詩的變」抵禦運命的變，這是她存在的方式。人是船，卻受制於「風的方向／水的固執」，但卻可「刷過岸邊沒有疼痛」；人也是柳枝，「顫抖一生／結束或開始都沾了霧」（〈未竟〉），那又如何？這總總一切不過是「世界做了一場夢」，一如〈世界翻到口罩這一頁〉時，如在夢幻泡影中「終於世界大同了」一般，只有「走進黑暗才能／聽見前塵浸入筋骨的聲音」啊！

既如此，剩詩娛生，足矣！

名家推薦

蕭蕭

心量下的天空

剩餘的天空，就是天空。

而且，還沒有哪一顆心或眼，可以丈量原來的天空是不是比剩餘的天空來得「大」或者「空」。

郭至卿的《剩餘的天空》，如是耐人咀嚼。

題材無拘無束，她想像的納粹可以關乎春天、枯原與世紀的血；意象有天有人，她看見的柳枝總是一生沾霧，不論聚首或揮手；手法不慍不火，她聽到的祖母口中的月亮可以啟發女權，不必在乎至上與否，只要越過高牆——那麼容易就可以越過的男人的高牆。

郭至卿的《剩餘的天空》，如此等待你去撥雲見天見空，等待你想像拼圖後的天空。

孟樊

時間在我的詩中要穿什麼顏色

管窺郭至卿《剩餘的天空》

依稀彷彿的印象仍停佇在某一期的詩刊上，短小精緻的現代俳句，閃著幽幽的藍光，文字不特別美麗，卻也兀自撩人。現在把《剩餘的天空》翻開，至卿躍然紙上的詩句，此刻才逐漸清晰起來，原來那都是從這一片天空被裁剪出來的隻字片語。

從這些散佈的隻字片語，慢慢凝聚而成的翩翩詩篇中，雖然也見得到春夏粲然的顏色，給人的感覺彷彿多在秋冬裡抖擻。確實，至卿不悲秋也不哀冬，然而誠如〈往事掛上鎖〉所說：「窗邊的盆花才立春／灰塵下的書架已冬眠」，即便小窗透進立春的陽光，那陽光也「沒有歌聲」，宛如開篇第一首詩所述，春天是被屠殺的一片枯原；那麼，「剩餘的天空」僅僅是秋冬：秋的「白紙上陳列著詩骨」，而冬的「希望已腐朽／問號站成枯樹」（〈四季〉）。

這就難怪她的詩想從冬天出走，只是她伸了懶腰的文字卻是要「將朵朵烏雲寄給冬天」。但烏雲能籠罩她的寫作嗎？當然不！由是，她以詩之文字書寫的軌跡遍佈於前前後後的詩作裡頭，例如她要「播種文字／以詩的花瓣取悅兩眼間的灰藍」（〈孤獨一座宇宙〉）；她要「文字在紙上攤開悲傷……灌溉枝芽的懷念」（〈遺言〉）；她甚至要「捧一束咬著刺的血紅」開始寫詩（〈紅玫瑰〉）；最後她還不想老去：「她和歲月約定／一襲詩香的面紗／在字句裡藏匿青春」（〈寶巖不老〉）。

「和歲月約定」——這屬於詩人的時間命題，而此一命題恰恰是這本《剩餘的天空》最讓詩人焦慮的事，攬鏡自照的詩人「看見時間的裸體／在我臉上作畫」（〈時間作畫〉），但是要怎麼畫她自己呢？詩人必得進一步追問：「我的詩要穿什麼顏色」（〈他的簡歷〉）？時間意象幾乎無處不在，穿越她整片天空裡。

可說也奇怪，面對「時間」與「書寫」這麼嚴肅的命題，至卿寫來雖非雲淡風輕，卻也沒太耽溺於私我之鬱悶情緒，而此則與她往往以第三人稱視角有關（即便敘述者是第一人稱「我」，如寫四位護理人員接續經營獨立書店有河book的〈撐起夕陽〉），這就將抒情「我」拉開詩的距離；

整部《剩餘的天空》中像〈液體情書〉這樣具私我色彩之作可謂寥若晨星。（這裡，容我甘冒一下「政治不正確」）或也因此，當我一開始翻閱第一輯詩作時，竟然嗅不出一點「脂粉味」，而其沉重的主題，也讓人難以和那從俳句裡得自的吉光片羽聯想在一起——但這就是郭至卿！雖然詩裡嗅不出閨秀氣，但她對於諸如時間、戰爭、死亡的思考，也沒有男性詩人那種抽象的形上觀，卻自有她個人的特色。

這就是我從「剩餘的天空」中看到的詩人風貌；而她的天空依舊是飽滿的，「剩餘的」只是春夏之際我閱讀之後存在於腦海裡的印象，餘音繞樑。

葉莎

郭至卿的詩是枯原上的春天，英國詩人T．S．艾略特的《荒原》，讓水的意象貫穿全詩，但妳讀郭至卿的詩，也許映入眼簾的是多感的礫石！即使是書寫理性的題材，她仍能在筆端讓感性游移；在她眼中的世界條理分明，夢幻彷彿還在遠方，但她極易在條理之中尋找出一條感性之路，既不嘶吼也不吶喊，所有的力量盡是沉默的文字土壤。

她鮮少書寫自身，自身就成了夢外之夢，影中之影，但你卻很容易在她的詩句中，看見那一雙真誠看待世界的眼睛！透過文字的浸潤，荒原中靜靜抽出讓人期待的青苗，其實就是她的詩！

季閒

至卿的詩是細緻的冰雕

這本詩集取材多元涉略寬廣，有小時候的記趣、對親友的懷念、關於社會現象之感觸，以及對人道人權的關懷等。王國維在《人間詞話》裡提到「客觀之詩人，不可不多閱世。閱世愈深，則材料愈豐富、愈變化……主觀之詩人，不必多閱世。閱世愈淺，則性情愈真」身為國際企業的負責人，閱世豐富思慮敏銳自然不在話下，她卻能以冷靜的眼光萃取所關心的事物，轉化成淡淡的感性詩句。

至卿詩人詩齡不長，這本詩集卻成績斐然有自己的詩風，詩作婉轉隱約富含人生哲理，詩句簡潔意象鮮明，擅於運用陌生化技巧，這本詩集值得觀摩與收藏。

目錄

輯三：剩餘的天空

輯四：世界翻到口罩這一頁

輯五：祖母口中的月亮

輯六：結與節

輯一

春天的枯原

Lost to View

春天的枯原

奧斯威辛的氣息
飢餓啃食過的草原
機會與命運埋在地底

死亡互擁在名單上
知識與老弱滾出紙外
魚貫走入
毒氣室安靜的風暴

狼狗的眼神祭司死亡
你們在樂聲中跳舞，挖掘
自己的墓穴，音樂終止時

開出死亡花朵
遼闊一片空中墳墓
呼吸，不再仰頭

種族主義披著虎皮
手持子彈的暴躁
當你們枯草般倒下
神終於能撿起靈魂，看著
史書流出世紀最傷的
血

一切不是血的緣故？

註：二戰時納粹在奧斯威辛集中營對猶太人展開大屠殺。

凋萎的渴望

歲月靜靜梳過恆河
印度的長辮落下淺淺嘆息

性別歧視的眼光，升溫
烘烤一幕幕悲劇
陽光在冷血上 折斷翅膀

女娃初啼的淚水
淘洗出母親的歉意，她
人權開始打瞌睡
又一株花朵被眾神遺忘

宗教與窮困伸出父權的手
為瘦小的童話披上華麗嫁裳
幼小的眼睛一夜瞪大
噤聲　喘息　不敢正視青春

種姓制度
冰凍了人權的前世與今生
掌管生死的聖河　和
瑪哈陵尊貴的白
靜默地看著
煉獄中花朵以
凋萎　換取自由

消失的國度

人民側耳傾聽祂的聲音
趴伏於地，如失去翅膀的蝴蝶

他喉嚨前咬住的麥克風
聲勢如武士長刀出鞘，削斬
文字的不同顏色

語言掉落
回音震出蝙蝠的天空

註：香港反送中事件有感。

誰能埋葬疑問

「薩爾瓦多父女著短褲，美墨邊境偷渡喪命」

生命是一只短褲，如此輕
輕得停止在泡沫上
相約一起長大的夢想
好遠　也好甜　卻薄如蛋殼
竟和他並肩游進死亡

現實和希望可以談和嗎
濤聲是否能註解雙方抵岸時
無聲的毀滅

趴在水草間的臉對誰掩面
為什麼用肢體寫遺言

海　有幾個海岸線
是否兩眼間巨大的貧窮可以抵擋
海流高唱的軍歌

傳說中地上流蜜的遠方
岸邊竟是一座開闊的墳墓
時間也被封閉了嗎
以為游過大海就能飛成鳥
海，是否承載太多死神的釣餌
所以有各種藍的憂鬱
我們看到的是一樣的海嗎？

被囚禁的蝴蝶

海藍的深邃
從衣袖流出
她說要回美人魚的故鄉

銅綠的典雅
從眉睫溢出
她知道深宅裡古鏡的祕密

天青的遼闊
從耳環滲出
她說太陽將驅鬼

流竄的光
默劇中各自變臉　直到
慢慢斜入水中

一隻戴手銬的蝴蝶
逃出藥罐

碎裂的鴿聲

子彈衝破「禁入」的牌子
粉碎站崗的陽光
被槍斃的寧靜
引出槍管的怒火

恐懼的細胞繁殖在戰壕裡
戰爭進行曲震聾口袋的相片
只有四周牆壁伸出手
抓住四竄的槍聲

母親的呼喊聲，趴在
壕溝旁

注視他眉睫下已破碎的臉
孤零零的腳
踢出剩餘的勇敢

筆與槍的爭執
吵醒淺眠的喪鐘
把母親和情人的眼淚裝罐
祭祀戰爭

跋涉霧霾中

霧霾中移動的背影
如大漠中飲沙的駱駝

城市森林　冷眼看
一批一批行囊　踩著
一波一波鄉愁

石印般的腳步　奔馳
為了傳說中的石中劍
眼神中阿拉丁神燈
飄出一座海市蜃樓

烈日的訕笑　風霜的冷語
只是打在肩上的
一粒塵土

帽簷下
步伐在現實與夢想間走鋼索
明天是否在
傑克的魔豆中醒來？

消長

筆上了囚車
報紙封口
聲音失踪了

氣息肅穆如閱兵的步伐
空氣竄出地窖的冷

歷史潮溼了

麥苲抓住土
鹽份的水集結成暴河

旗幟揮動
可呼吸的思想

故宮觀畫

槍聲驚嚇牆上那匹奔跑千年的馬
踏過史書上的浩劫
蹄聲如聽診器裡　地心的跳動
馬尾奮力拍擊天空半閉的眼睛

企圖救我脫離
含氧度下降
沒有面孔的世紀

孤獨一座宇宙

被埋在光之外

卻在黑暗深處唱歌
他歌詞顫抖，歌聲攀爬光線的藤蔓
躍上蒼穹

他徒步穿越地獄的冰原
握筆在骨白的紙上
挖掘被凍傷語言裡的明日火焰

赤裸通過閃電雷鳴
滿是皺紋的字句吞食劍形的銀白

他說：來吧！
我的詩裝得下宇宙的孤獨

他播種文字
以詩的花瓣取悅兩眼間的灰藍

輯二

四季

Four Seasons

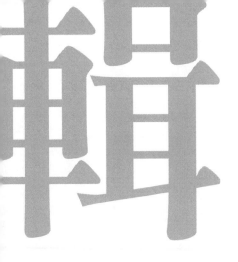

四季

春

1

草尖上露珠親吻
她的腳踝
女孩的歌聲
把陽光縫在地上

2

女郎的裙擺
風的想念
草的眼睛在天空
放牧風箏

夏

1
冰與火的角力
鹽．仲裁者

2
母親忙碌地和時間賽跑
把分秒藏在眼袋，那些柔軟
呼喚
她曬乾的青春

秋

1
流動的風琴聲
在兩眼與心之間

背著影子　以
顏色燃燒

2
風的感傷
詩人最清楚

看啊！
那些白紙上陳列的詩骨

3
太陽撒出的金色長鞭
鑲上獅子的驕傲

冬

1

既然月光已被劫走
何妨再來一場雨
沖下心上的蜘蛛網

2

希望已腐朽
問號站成枯樹
五味迷失溫度
城市荒原了人間

暗夜騎士

一間失眠的房子抱住我
「別再掙扎，今夜你是俘虜」

中古世紀來的黑暗騎士，列隊
馬蹄踏踏，生死門
開
關

我抬頭看　祭壇上
一具祭品被黑夜搗口
攤在床上的指骨跪成告解

如露

至於夜　有幾尺深
？
零下幾度的冷

寒枝上朵朵暖陽如卿
一睜眼
只是露水

液體情書

酒是果實寫給時間的情書
溫度和水拍打熟睡的詩句
透明如三月天空

戀人的眼睛
伺機傾倒味道
如她甩頭的髮香

關不緊的情話焚城般
燃燒我全身

現象學

一隻蛾喞起落下的羽片
飛進自己的聲音
聲音的廢墟不立文字　竟是
記憶斜插的荒塚

一隻蚊子

從床邊的聖經撒母耳記飛出來
迂迴空中
搧動夜晚遼闊無聲的網

無聲
如空中襲來的碎石
嗡嗡　嗡嗡

是否牠想學習大衛
以小石擊敗巨人

註：大衛以小石擊敗巨人的故事，出自聖經撒母耳記。

死亡的供詞

曾經是承載方舟的磐石
風雨把我轉譯成
吃下時間的勇者

曾經是疊出一方世紀的礦石
是什麼打磨我成為
閃亮的欲望

那婦人的假睫毛下
是否看到　我
死亡供詞的閃耀

癌細胞

族譜走成大樹
青苔狀的步伐　把
每個名字走成絕地與峽谷
命脈沿著血肉逆流
尋找尚未點燃的篝火

追隨如豆的信號　往
筋肉最深處紮營
黑暗與絕望是僅存的糧食
基因謎語如洋蔥層層
詭譎如巨冊的沉睡

是否如魔法書裡
9又3/4月台可以畫出列車
送走不速之客

大年

年好大啊！
我爬上月亮也拉不到衣角
幸好年齡算盤上只需滑動一粒珠子
一粒珠子
竟撥出木馬藏匿的白髮

時間作畫

擦上胭脂
正要探詢季節的語意　它總是
像趕路的飛鳥
花朵是它遺落的吻

山頂的月亮
掉進小溪和情人眼裡
濺出一首首朦朧派的詩

掉入鏡中
我看見時間的裸體
在我臉上作畫

智者

時間不老
有時踩著探戈的纏綿
有時跳著方塊舞

秒針在母鳥餵食幼鳥瞬間
變得恆久
山靄善於收藏時間
讓我們忘記滴答
時間不需開口
卻教會我們遺忘與蒼老

詩人把億萬光年收進書裡
每翻一頁　都與地球轉動
擦出火花

他的簡歷

1. 名字
幾個符號
包裹自水中掙脫的靈魂

2. 生日
被迫投靠死亡

3. 地址
古宅咀嚼空氣的回音
駱駝鈴鐺聲裡行走的沙漠

4.人生觀

*

貧血地唱歌
或　塗上金粉
死去

**

著火的文字啊！
企圖以舞蹈扭曲世界

5.婚姻觀

*

婚前
摟著冬天裡的春天

昏後
坐在夏天裡看秋天

**
一對戒指牽手滑入深淵
自此
背對著彼此的孤獨

***
不要赤腳走進春天
誰說草地裡沒有碎玻璃

6. 服裝

世事如此四季
我的詩要穿什麼顏色

遺言

1

黑暗也熟睡了
話語卻舉起光芒　照亮
前方道路的搖晃
他的叮嚀一直醒著

2

花香軟成一身泥
文字在紙上攤開悲傷
亦如信鴿　啣來訊息
灌溉枝芽的懷念

3

山水一頁頁變臉
流著血脈
如上弦的箭
守護沒有牧者的羊群
那一紙詩篇
風雨來過

戀

單戀

靈魂升起　圍繞太陽
像遊民
像陽光下將消失的薄霧

失戀

靈魂在影子裡燃燒
任他的名字鞭打心的赤裸

非圓

線條是感性的女子
率性往前衝

一聲雷　一場雪
一季黃梅雨

串起
穿透心的線裝書
一頁一頁

不拿筆的畫家

盡情畫吧！木棉花
天空是你的畫布
世界陰冷需要你的火紅
代替閉眼的太陽

我是路邊的小石頭
仰望你
仰望天
仰望日子沒有表情地飄過

盲

牆上自囚的影子
遼闊了不翻頁的黑夜
踮腳顫抖

送客

喝完酒
相贈一首〈相思〉
卻帶走你的詩意

王維拜訪你
月兒一邊看著
笑開臉

信箋

養胖心中瘦弱的詩句
帶來一籃日常
解渴兩眼間的荒蕪

是笨重的叮嚀
帶著檸檬香

蒙娜麗莎

她把微笑掛在牆上
悲苦的人啊！
帶走她的心情吧

比薩斜塔

有時真要學你　歪頭
看世界
誰說年紀大不懂嘻哈

那些年的飢腸轆轆

街角的香味
勾住路過的味蕾
阿嬤的白髮似乎又在廚房
走來走去

一鍋滷肉攪拌白飯
魔術了雀躍的小眼睛們
她卻喜歡提著咖啡與披薩
蹦蹦　跳
跳回自己的年輕

如今只有記憶中的微笑
伴著我
速食超商的涼麵

追

草，喜歡冒險
抓日光充飢　汲雨
彎著腰
和風競走

深信一直走
會找到家鄉的彩虹

紅玫瑰

戴上愛情花冠
沾著巴黎的陽光
催熟半截情書

捧一束咬著刺的血紅
詩　才開始

青苔

1

趴在石縫
等你　日日夜夜
在影子裡寫詩
一字　一句　一本本
翠綠的情書

春夏秋冬

2

青苔是最愛串門子的外交家
瞧！
誰的門口　又揪團了

牽牛花

拉著陽光拚命爬　以為
登上劃過圍牆的彩虹
世界會不一樣

她，不喜歡
這個名字

日出松樹

枝頭上露珠折射初醒的早晨
枝椏尖上守夜的風　倒出一袋清涼

鳥聲踩著晨曦衣角
松樹掛滿與月亮的蜜語
破曉中沸騰一壺山水

無法拔出的黑色漩渦

有人問它的味道
蛋糕說：切一塊生活嚐嚐
有人問它的氣味
杯子說：餘香是最好的回味
有人問它的形狀
磁盤說：那是一種無邊的癮

湯匙問：需要攪拌嗎？
我說：世事隨緣
瓷壺問：什麼溫度最好入口
有人說：喜歡冰滴
我卻說：人生八十分恰好

輯三

剩餘的天空

Broken Heavens

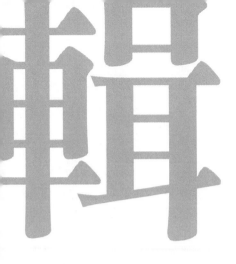

剩餘的天空

天空擠進格子裡
撐出多角形的穹頂
陽光切磋日晷
一寸寸寫出詩的善變

雲朵的移動　如女媧
補幾筆透明的神話

天光在地上框架陷阱
兇器如國王的新衣
影子紛紛跌入

夜晚降下牢籠
撒下希區考克的懸疑
只有月光撥開黑暗

早起的鳥兒　衝進
日出洩密的方格內
叼起一片曙光　難道要
縫補天空的破衣裳？

至卿攝於草山玉溪
2018/08/04

草山的漏窗

不要說
歲月總是把妝畫老，時間
已被漏過許多
每個表情都在分秒間
絕版

那一窗傳說　框出
時代的彎曲
細讀光影雕塑的紋路
一隻飛鷹越過湖邊的石像
詩在砂質的灰白上奔跑

不要說
眼裡藏著深宮
我在黑暗中拼圖人生
從窗櫺的委屈中望出去
你的人生少了哪一片
寬容

至卿攝於草山玉溪
2018/08/04

時間不曾停蹄

白色窗格切割陽光
多邊形的影子擺陣侵略性的隊形
時間跑累了
累得像三千年前的一把鈍刀
挖出空氣的寂靜

小草們的枯榮和你距離很近
你被光陰追捕，只能低調
以石身見我

啣起光線　你
正讀著樓蘭的秘語　或是
咀嚼特洛依的滄桑？

至卿攝於草山玉溪
20180804

秤與砣

攀沿半空的吊索
人生如秤砣

石砣裝滿金色與蜜　鼓脹如
萬聖節裡吃飽糖果的布袋
空氣冷冷虎視著

陽光沒有包袱
解放影子
寫深色淺色的詩，我
看到洩露在牆上的
自己
放逐天空和草地

刻度紋身的秤桿
忘了度量一生的空白
有多重

至卿攝於草山玉溪
2018/08/04

失蹤的鐘聲

問：石身從哪裡來？
答：戰國的列子說　學愚公
　　移幾座冰山吧！瞧
　　3米高的北極熊　捧著
　　極小的願望

問：風在想什麼？
答：駝幾袋眼淚
　　恆河邊的女人　需要
　　清洗傷口

問：時間往何處去？
答：載走一些傷痛
　　那些街上的斷肢與血河
　　已趕走鴿子

陽光和青草常帶來假消息
遠方的垂淚很月光
無法分辨呼吸和面具

陣陣吶喊從地心傳來
浸骨的聲音　難道是
馬背上扛的血漬

至卿攝於草山玉溪
2018/08/04

乘著時間的翅膀

騎士和時間風化
成石頭，站在草地哼唱的歌上
轉動地球的顏色

至卿攝於草山玉溪
2018/08/04

輯四

世界翻到口罩這一頁

The Page

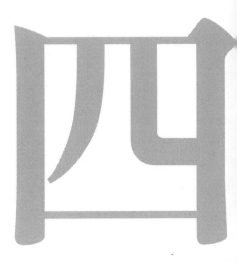

世界翻到口罩這一頁

終於
世界大同了

口罩排隊如行走的輓聯
文字小心呼吸
彷彿打個噴嚏　就是
畫上句號

這一頁
不同膚色的驚恐
詩首、詩尾都舉出公告：
拯救臥病的土地

拯救被囚禁的靈魂
拯救無數躲藏的腳步聲

於是
世界有了共同敵人

如自休眠醒來的獸
趕走杜鵑花，悲愴春天
隱身於空氣
成為今天的焦點

怎麼翻下一頁？

被打翻年味的土地

第一個圓月依約跳進湯裡
年節，卻滾出藥味
元宵在鍋裡浮沉
膨脹被削瘦的年味

空氣已被屠城
懸在白色面孔後的眼珠
忽西　忽東
驚嚇如鞭炮聲中的
寒單

天際線上的鼠軍們
要從哪一片肺葉
收復失土

疼痛的花朵

季節　心跳　被懸在空中
據說，初春的遠方
某隻哺乳動物旁　爆發冬天

我看見春霾
春霾裡花朵的疼痛
死神收集成列的枯萎
陽光迷走
在千里之外

病毒

地獄的氣息升起
這是怎樣的時代臉孔
被綁架的明日
眼睛圖騰的世界

空氣瀰漫焦慮的昨日
流進他
黎明前的肺腑

夢變得狡猾

微塵帶刺　刺向
呼吸的日常
白色面具後　世界
驚嚇成骷髏
世界做了一場夢

輯五

祖母口中的月亮

Fleeting

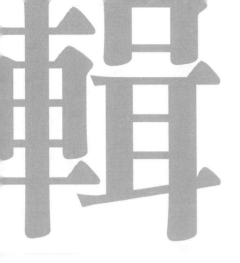

祖母口中的月亮

祖母手上的繭
和沒被磨平的皺紋，一定
藏了些什麼
肩上挑的一家子重量
沒壓扁
為我哼唱兒歌時的溫柔

她的話很輕
沒有可以坐穩的椅子

她說，女人是月亮
被雲擦傷後更顯光芒

父權築起的高牆
攔不住被磨亮的月光

火花

萌在字裡行間的花
竟在詩集裡站成裊裊的火

一束火苗在賣火柴的女孩手中睡著
一朵一朵火焰在草船中飛奔成歷史
一株藏在心中的苗卻沒被話語點燃

灰燼
是一首悲涼的詩
我們沾著灰燼，再畫一朵
會作夢的雲

未竟

結局是二胡的低吟　還是
一幅三月的春

船有風的方向
水的固執
刷過岸邊沒有疼痛
柳枝顫抖一生
結束或開始都沾了霧

將葉脈藏在光影掩映的
層層疊疊
樹葉已學會聆聽

詩之外的遠方　是否知道
河岸依然穿著新綠

閱讀今日

閱讀完一個日子
燈下一桌空白
一張待填的試卷
關上門

從門縫載走今天的待續
字句如小溪　踮著腳尖

星光閃爍
黑夜裡大河澎湃
流放我的蒼白

她，老屋內的黃昏

相偕的腳步聲早已走遠
簷下雨滴唏噓，回答門前
雜草的霸氣

不知何時，月光
開始蠶食屋內僅有的溫度
一樣的玫瑰庭院
蟬聲沸騰了空寂
話語更深居了

飄忽成各種形態
羽毛狀的記憶，在夢裡
或許走進黑暗才能
聽見前塵浸入筋骨的聲音

升起，如煙

推遠欲望的
是拉近距離的煙
煙霧在樹縫沾些微光
微光中映照在池塘裡的身影
燃燒成一句蟬聲

蟬聲回應旁觀的遠山

遠山外的季節
青春搖櫓小船
船槳划開一湖歌聲
詩寫幾本風流

這一塘蛙聲是否在回答　遠方
也升起的輕煙

雕像站出光影的往事

雕像

故事是一具戰鼓
響亮在時間的千里外，鼓聲
落下　擊痛歷史

諸神只是聽著

當年
細節鞍上戰馬
奔波的回聲　餘響只凝在
雕像望向黃昏的眼裡

光影

不再擊鼓
大河聲勢依舊

長詩是光影的旅者
折射一個名字的坎坷
直到一聲

累

所有的字都躺下
疊成一尊傳奇

多年以後天空醒來
而我只是
在時間上路過

冬至是突襲而來的里程碑

時間推著日常
進入沒有交通號誌的林蔭
光影交錯中
有氣象預報的閃爍

春天斜進林間
一首輕快的小步舞曲
路的盡頭彷彿
有慶典火光的搖曳

舞步和枝椏間垂落的星光
下暗棋，籌碼在楚河
漢界卻傳來曙光的線索

樹葉削不薄艷陽的囂張
太胖的熱量煎熬腦袋
落葉的味道，引來
一行螞蟻從心裡爬出

指縫間溜過花香
心情在青苔上跌倒，伸手卻
抓到一把冷

你的星光別忘了沾些蜜

如果　光害的稜角
刮傷了夜色
請在歲末的寒夜裡
燉煮一鍋星子

一顆星光
讓海上的難民想起神的眷顧
一顆星光
破碎自己，化成冰原搭載北極熊
一顆星光
鋪上銀粉，為士兵指引歸途

母親的遠眺是閃閃星光
懸在旅人的家鄉
梵谷畫筆沾些星光
驚嘆號一幅喧嘩的夜

人間的布提袋

海洋飄出的藥味　從未
如此快樂

那年夏天
「買一個吧！把健康帶回家」
「搭袋子上的帆船乘雲渡假」
姑姑總是提一袋希望和一汪海洋去醫院

袋內的藥包擠著彼此，不再接受加入
健保卡刷過最後一次威風
終於，海水淹沒血管的憤怒
針劑不再淋溼滿身清創

在小船上她睡著了

當年一起買的布提袋，牽著我
就像姑姑牽著我的童年
我挽著一袋安全感
走在
這如風的人間

泡茶如是

葉子在沸水中
升起　又
落
下
舞出一座山水
掙扎一世人生
熬煮一句承諾
有人如是說

不對你說，別想太多

我想用四季協奏曲裡冬天的音符
取走你腳下炙熱的釘子
樂章勾勒一座冰山和火車
旋律裡藏著一個極地的故事

揚起冬天的樂譜上　掛著
無限取用的錦囊
每打開一個　就是
懸崖與酷寒
適合冰鎮消炎
被蚊蟲侵擾的夏曲

我想用小提琴
獨奏春天的花開和鳥聲
琴聲說著樹如何勒緊年輪
任由風雨穿透身體

說起風雨　它們是多年來
宇宙裡爭地盤的老鄰居
談到花謝與瓣葉落地
只是休止符在土地上摔了一跤

手機鈴・響・不想

等海　等船　等陽光
都須燙平一顆心
鈴聲不說話，拎著鞋　隨風
遠去
被戲弄的聽覺
寫實一個存在主義
響　與不想

墓園

石板上的名字
站成人間的問號
樹葉的光影　彈奏
年久失修的樂曲
風
與靈魂交談

第一座墳墓的男低音
在世界之底拖行
礦石頂著喉嚨
第二座墳墓的女高音
手上的玫瑰鳥囀春天

第三座是斷臂的文字
囚禁在棺木中的符號
仍繼續裸體吶喊：是否聽到
我為你唱的明日之歌

把夜響出來

拖拉一隊行李
在黑夜裡去去　又
來
來

的呼吸

池邊蛙聲　伴奏
小夜曲

賄賂時間

螞蟻搬走青春的
一分一秒

塗抹蜂蜜在鏡面
是否牠們也會扛走歲月？
吃掉鏡子的皺紋

望

視野

她的眼裡看到什麼？
一紙發黃的情書
曾經數字列隊的存摺
鍍上灰塵的獎杯
或是寂寞築牆的房屋？
往事，沾著五味的雲
推走一片藍天

餘光

放生貼在衣櫥外的採購單
鄰居老李 365 天不成調的音符
也開放自由進出

暴風雨後
湖底巨石更見誠懇
如她眼裡的清澈

是否一彎彩虹　一串鳥鳴
才是詩的視野

哦！我看到
她的眼中
挺直一柱黃昏的背脊

養夢

樹葉是女人擺在風尖上的眼睛
樹影是織夢的手帕交，記下的故事
層層疊疊

借一些莫內的湖光色
深深淺淺的夢境是預兆
自從夏娃在樹上摘取蘋果
就知道她可以輸血築夢

直到踩疼一地枯萎
仍相信
可以養胖下一個春天

晾衣服

抖開溼意糾結
拉平坎坷的皺折
避免陽光塞車

大一號的制服
趴在竹竿上畫夢
與汗水搏鬥過的領口　低頭
喘氣
舊式長褲垂下倦勤的褲管
花袖子放手，讓心事
隨風旅行

列隊的記憶與時間的痕跡
晾起
一束陽光　一彎月亮

從冬天出走的詩

無關黑色
冷　也不是絕望的文字
起動什麼樣的發電機
才會爆開一樹粉紅

缺氧的日記呼吸急促
擾動出土的新綠
凍原上熟睡了的詩　望向
遠方飄遊的風箏

文字與秧苗　都
伸了懶腰
將朵朵烏雲寄給冬天

九月

午後的屋簷
風鈴散落一地秋天

竟有
被日子駝著走過的
碎片酸味

楓紅過了

楓　忘了時間
在貧瘠的天空燒出
一片火紅

地球自轉
回聲書寫葉子的傳奇
文字瀝血
把肥沃還給大地

時間跌落
如羽毛的聲音

卻震出
眼裡的三尺積雪
滿地的楓紅上　站立
一樹枯萎

往事掛上鎖

一窗陽光，沒有歌聲
叫醒相簿的溫度
窗邊的盆花才立春
灰塵下的書架已冬眠

夕陽把回憶
在牆上越拉越長　最後
將影子收進黑夜

相簿睡著了記憶醒著
夕陽睡著了歲月醒著

輯六

結與節

Holiday Knots

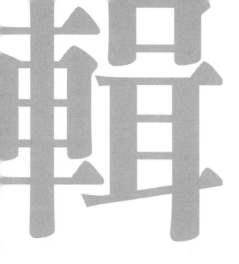

情人節

戀人的眼睛
需要被放大的太陽和月亮

燃燒玫瑰煮夢
彩虹畫出的誓言
夜晚12點，是否
會變回南瓜？

單身節

1

分針秒針從不追趕彼此
卻開闊天空的邊界

一個人在咖啡店裡用一支影子
攪拌一湖死海

2

黑白影片
重覆看
每天都是兒童節

為什麼母親節

為了3000公克
她跋涉十個月
成為一個岸
在撕裂的哭聲中

一疊小腳印
揣著她曬乾的汗水
腳印越走越大
腳步越走越遠

她望向遠處的眼　是
海

為什麼父親節

任由陽光　雨水　月亮
在身上寫詩，樹木
不說話

遠飄的種子
回音　樹的空心
樹木不說話

樹下的歡笑聲
轉動年輪
葉間落下黃梅雨

稀疏
滴
落

人間五行

金

玫瑰在火裡燃燒
眼睛　是
死灰中唯一的閃亮

木

用落葉暗喻
以枯枝比畫意象
他是善於跟時間辯論的詩人

水

繞個彎就移開整座山
哲人的犀利
女人的身段

有時海有時淚
有時鏡子有時冰

火

夏天寄來一抹
愛人的紅唇

有被玫瑰刺傷的灼熱

土

被蟲子啃咬的創世紀
時間碎屑的堆疊

讀報紙

早報盤點昨日的動詞
喊出待領的疑問句
視線爬上早晨
搜刮新鮮的世界

戴鋼盔的筆　標註
子彈叛逃的地方
八卦長到需要下回註解
孝子的珍聞
慰藉　倫理出走的版面
黑幕詐騙蒼白的純真

數字玄機
振盪表情的曲線

喊聲「帥」就是潮流
文筆烘焙芝麻　跳上螢幕
收割喝醉的眼光

沿著折疊線搜尋
葬在霧霾裡的陽光
油墨味的雙手
紙上皺摺
粗糙了視覺

家家酒人間

有時她是烹飪歡樂的母親
祖母說
家人的讚美會拉出
上揚的嘴角

有時她是公主
金錢說
皇冠下最華麗的裝扮是淚痕

有時她學柯南
追查文字的身世

證據說
手中的筆是不朽的權杖

電腦

沒有神經的腦
卻把世界充飽電

進入黑暗
打開摺疊的宇宙

需求兌換機，不必投幣
提供諸神與撒旦的服務

它閉眼就走了
天空瞬間恢復百年寂靜

0與1　又近又遠
生銹的距離
拉出時間與空間

最好3D可以列印
一杯及時的熱茶　和
有溫度的擁抱

要減重嗎？

1

食物和衣服不斷爭執
尺寸是日常的拉距

衣服總說要能甩出一籃子風
才是自由
美食和拉鍊密謀後
卻把欲望出賣

倚著一柱意志力的紙片人
穿上眾人羨慕的眼光
細數幾粒米的午餐

2

原來，飢餓才是時尚的聖經

體重很擁擠
還要用憂愁，增加磅秤上
指針的角度嗎

存摺上的數字
嚇白了額頭上幾支頭髮
骨感的數字也壓扁，心尖上
剛冒芽的希望

擁有一棟夢的蝸居
是否太胖

3

當肩上的布袋　把腳印
壓成粗體字
要按下減法鍵嗎？
我們已跟不會跑的符號
賽跑幾千年

站起來離天空很近，卻跑不贏
身分證上的年月日
有些數字，沉了一生的腳印
或許放下布袋，心就輕了

江湖・他們

在天涯兒女情長
在夜裡舔舐傷口
骨節深處的回音隱隱拉住
栓在遠方的一句承諾
情義有多長？

共赴水裡　逃出火裡
砍過、殺過、血肉過
幾杯酒、幾滴血的約定
遼闊了一闋
沒有句點的悲壯

果真心繫千縷情絲
果真肩背萬斤豪情
陳釀幾罈夜色澆醒一腔寂寞
直視仇敵　如鷹
簷上偵察　如貓
刀劍一生
武？
俠？

承諾有多重

繡針與劍鞘
相差一個江湖罷了
一個江湖又有多重？
眼睫下抖落幾斤風霜

馬鞍繫上盟約，追著
星宿傳來的訊息
兒女情，鞭打著塵土
綰上髮髻捆紮了　被甩在馬蹄後
黃沙的嘶吼

繡上諾言的布衫
被眼神擦撞而過時舉起的粗言
灼傷
且用月光冰敷後再穿上

揹上諾言
她將奔向一雙顫抖的臂膀
或是在荒野盡頭
尋找一個問號

人生算式

一塊蛋糕
能擰出幾滴蜂蜜
烘焙日常
甜與鹹的滋味無須多
淡食養身

一道數學題
乘除柴米油鹽
加減幾兩詩畫與閒情
沿著幾何級數
登上天花板造夢

一頂白髮
能邀來幾場雪
一根拐杖
能蹬響幾階餘韻

聲色人生

琴聲

按下黑白鍵
打開宇宙

幾根手指拈來
一座花園
一曲四季

遠方，長河翻滾

棋士

腳步無聲
卻踩翻天地
起手無悔一盤人生

書卷

一張紙咫尺數萬年
那些符號
那些
重重
疊
疊
的沉默

畫面

你在哪個角落？
日月與四季交叉的經緯線
座標了我的匍匐

詩韻

焦躁的滑鼠　何時會
對我按下刪除鍵

在轉角重逢的舊時光
似曾相似的小調

力量

最古老的歌震響天地
最原始的舞蹈閃畫瞬間
在遠方

女人，最蠻荒的咒語
一個眼神
是太陽是冰雪
是雲也是雨

輯七

搖滾的旗袍

Classic Rock and Roll

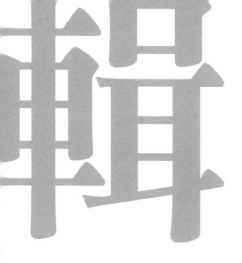

搖滾的旗袍

閩南厝　紅磚樓　巴洛克尖塔
說唱著歷史
101大樓以高度約定一個驚嘆號
新舊文化刺青城市兩端

大稻埕教會和霞海城隍廟依然在
祈禱聲中保管人們的心願
rap在街上　釋放年輕的不妥協

茶香駭進樓宇註腳歷史
酒香搖滾一首不夜城
迪化街把年節陳列在南北雜貨上

霓虹、車燈串流時尚
穿梭傳統的脊骨

她，古典醇釀的新酒
轉動萬花筒內的台北城
聽見一首老歌新唱

撐起夕陽

面對觀音山
站姿筆直，有信徒的色彩
Book無聲　如遠方河口的水筆仔
我看到她們
在霓虹閃爍的文學荒野上
刨土耕植的痕跡

文字攀爬成窗玻璃上的蔦蘿
抵擋八方風雨
架上書本的弱勢緊靠在一起
無論如何不讓知識再下墜

一座孤島奮力浮在人潮上
在淡水河右岸呼吸
面對黃昏，她們不點燈
卻撐起夕陽
站在矮牆上的貓往窗內看
眼裡有不墜的餘輝

註：淡水河畔的獨立書店有河book歇業後，由四位護理人員接手，成立無論如河獨立書店，除了書籍販售外，亦提供護理專業諮詢。

寶巖不老

仍素顏坐在繁華的邊緣
小觀音山和半邊天空
懷抱她的靦腆

她不想老
她預約明年的春天
鄉愁折成藝術品
繫上前衛風

她不想老
她和歲月約定

一襲詩香的面紗
在字句裡藏匿青春

她不想老
咖啡裡有木作的香氣
彷若在巴黎的陽光小徑裡
迴旋

註：二〇一八年初應寶藏巖登小樓之邀，訪問寶藏巖在地村民。

傘下

隨雨走入一段
歷史在山壁畫的老妝
註解一首承諾的隱喻
不須刻意塗抹除皺霜

淋溼的鄉愁
倚在木窗眺望，瞳眸連接霓虹
在遠方漸暗的溫度

石壁的間隙孵出花朵
插圖這篇憂鬱寫下的詩句
共生新的靈魂

輯八

演出

Kaleidoscope

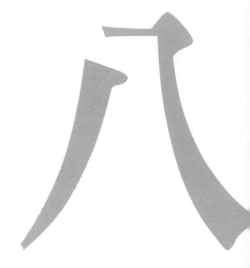

演出

花開與花謝
含苞了日月的對話
和墜落之間
沒立下文字的協定

被高舉的意志
仰望光
與風雨拔河
預約一場沒有彩排的退場

時間已像受驚嚇的馬
飛奔而去

註：古詩解構，意取〈登樂遊原〉李商隱

向晚意不適，驅車登古原。

夕陽無限好，只是近黃昏。

心輕輕坐下

剛醒的太陽　一個箭步
就鋪暖古寺的早晨
小徑持一束沉默迎賓
禪外的花木微笑
不語

鳥兒們與山光對話
深潭掏洗俗念
記錄一籃鳥聲

鐘磬敲擊天空
撞開我環抱胸前的雙手

心　輕輕

坐下

註：古詩解構，意取〈題破山寺後禪院〉常建

清晨入古寺，初日照高林。
曲徑通幽處，禪房花木深。
山光悅鳥性，潭影空人心。
萬籟此俱寂，惟聞鐘磬音。

問與答

問松樹
如何撐起一片天
樹枝捧雪回答

問高山
如何不動
山披上四季
無語

問飛鳥
自由是什麼
幾根翎毛孤獨了天空

問霧找心
他頭也不回，遠了
卻走來一隊雨聲

註：古詩解構，意取〈尋隱者不遇〉賈島
松下問童子，言師採藥去。
只在此山中，雲深不知處。

老人

枯木的挺直
北風從旁溜過
這拄意志
不是枴仗

註：意取俳句
　拄著枴杖的老人
　聽到北風
（冬／季語：北風）
作者：郭至卿

貓劇

猴硐山上的月亮
彎腰
撒下口袋裡的碎片

小貓爬上屋頂，啣起
掉落的音符
喵喵一首晚安曲

多年了
時間倚著古厝
重播
月光下的貓劇

註：意取俳句：

猴硐山邊一彎月亮
爬上屋頂小貓的喵喵聲
（春／季語：小貓）
作者：郭至卿

盛開

怎麼也寫不完
小說的最後一頁
春天將「待續」
掛在窗外瓣葉的層疊上

花棚的紫藤
垂下纍纍詩句

註：意取俳句

窗外花棚垂下盛開的紫藤
翻開的愛情小說

（春／季語：紫藤）
作者：郭至卿

【附錄】精英之惡：權力的裂罅——

讀郭至卿《剩餘的天空》有感

朱介英

「我們生活在一個被撕裂的世界之中，它一邊是離奇的機遇，另一邊卻是大規模的災難，也只有那些最為愚蠢的樂觀者才會假定前者必定會戰勝後者。」（Giddens, Anthony. 2005:26）安東尼．紀登斯在他的《民族國家與暴力》（*The Nation-State and Violence*）著作的導論中便一言指出暴力作為人世間的醜陋本質，只有愚蠢的人才會相信正義公理存在。也唯其如此，自古至今的先賢聖哲們才片刻不停地以智慧的語言，奉勸世人珍惜平等、博愛、仁人、惜物的理想觀念，盡管如此，我們仍然在潛意識中了然所謂「真理」是一種不存在的存在，它的名字叫做「口號」。

紀登斯現象

舉目四望，人類創造了歷史，看起來好像隨著機率與偶然曲折地向前翻滾，翻開歷史的扉頁，沾滿了許多精英鬥爭，勝者為王敗者為寇的鮮血；不幸的是絕大多數罹難的都是無辜人們的生命陪葬；其實用結構主義的觀點來看仍是受著一定客觀因素所制約，「歷史就是結構與行動之間一種相輔相成的辯證歷程。對於紀登斯而言，最主要的客觀因素就是時間和空間。時空框架構成了社會行動的場景，也決定了社會性質。」（黃瑞祺，2005:14）這些時空環境在整體社會中所發生的某些觀點，都互有關連，一般各種學術都自成一格，守住自己的領域拒絕與其他現象互相融會，最簡單的例證，學術界均把社會科學與自然科學嚴格地區隔開來，而紀登斯的思考方法論則將之統合，產生互補關係，黃瑞祺在解析紀登斯現象便有這一段話：「社會科學與自然科學之間的差異雖然不是絕對的，例如晚近的批判實在論（critical realism）就企圖重新統合二者，不過若無視於二者的重要差異，則可能淪為素樸的實證主義或科學主義，在這方面紀登斯與法蘭克福學派（尤其是哈伯瑪斯），詮釋學、社會現象學（徐志）、語言分析（後期維根斯坦、溫區）等等都是一致的。」（黃瑞祺，

2005:13）這一句話就把後現代主義的思考方法論解釋的一清二楚，也就是闡明所謂「紀登斯現象」的要旨。

紀登斯現象的論述當中，有一本重要的著作《民族國家與暴力》（*The Nation-State and Violence*），主述國家、社會、階級意識、政治操控、資本主義扭曲現象、戰爭工業化、軍事恫嚇行為、集權主義等現象分析，把近代甚至於古代的統治者與被統治者的關係，條理分明地爬梳，這許多爬梳的歸根結柢，不由自主地顯現出社會學家米歇爾・傅柯（Michel Foucault）的「權力理論」，人類不管是個人或集體，只要碰觸到「權力」這個虛無的冠冕，便會墜入毫無理性的深淵，導致於人間的悲劇一而再，再而三地發生。

綜觀近代史，從文藝復興時代開始，歷經工業革命、法國大革命、資本主義這個畸形兒出世、列寧主義、前衛革命以及後現代主義等數百年來，世界人類歷經多少慘劇的折磨，這些苦難似乎聚焦在「精英鬥爭」和「集體暴力」的尖端，而少數精英一旦掌控住權力這一塊雷神之槌，便是暴力發生的觸發點，人間煉獄無時無刻在權力的裂罅中呻吟。

沉默的代價

德國牧師馬丁・尼莫勒（Martin Niemoller）在波士頓豎起一塊納粹屠殺猶太人血腥紀錄的紀念碑，碑文如此寫道：「起初他們追殺共產主義者，我們不是共產主義者，我不說話；接著他們追殺猶太人，我不是猶太人，我不說話；後來他們追殺工會，我不是工會成員，我繼續不說話；此後他們追殺天主教徒，我不是天主教徒，我還是不說話；最後，他們奔向我來，再也沒有人站起來為我說話了。」這段碑文正在昭示世人，當統治暴力不斷衍生、不斷發展之際，要有人起來疾呼，要有人起來阻止。更重要的是那些在暴力喪失生命的大量蒼生們，損失得毫無代價，即使施暴者已經伏法，而在戰爭鐵蹄下僥倖存活下來的人，依然愚昧地視而不見，依然選擇沉默，依然準備等待付出重大代價的未來，而統治精英們，也依然無所不用其極地眷戀權位，依然行使施暴的權力。

傅柯說過：「每個人都可以讓強大的君權為他所用，滿足自己的目的，反對別人；創造機會使其效用符合自己的利益，因此也產生了後果……。只要一個人知道如何玩這個遊戲，那麼對另一個人來說它就會變成一個令人毛骨悚然的、無法無天的統治者。」（Foucault, Michel.

2010:110）加工處裡，宰制他人，許多統治者一旦坐上權力的位置，立刻換了腦袋，不用教就學會用嚴肅的口氣來正當化自己的私慾，遭到這種政治權力所滲透，隨意將君權機制操控於股掌之間。古往今來有多少歷史不斷重演。閱讀詩人郭至卿的著作《剩餘的天空》有關描繪權力與規訓的詩作，就不由得思慮及此。

郭至卿的詩作，語音諄諄地細述著各種暴力言說，我看到種族暴力，階級暴力、資本主義暴力、強權暴力、性別暴力等五種權力之惡的面相，這也是人類世界最普遍，且永遠無法消弭的災難。

種族暴力

奧斯威辛的氣息
飢餓啃食過的草原
機會與命運埋在地底
死亡互擁在名單上
知識與老弱滾出紙外　（〈春天的枯原〉）

「奧斯威辛」不只是一個地理名稱，而是一座殘忍的種族暴力煉獄，一提到奧斯威辛四個字，心理不禁浮現出毒氣室中堆疊得如山一般高的屍體，以及一堆堆從無辜的靈魂中取下的黃金戒指和項鍊，那些屍體、黃金已經不再是幸福、愛情的符號，而是統治者喪心病狂的意識認知；納粹精英們操控著合理的政治手段以及扭曲的種族優越感藉口，任意行使泯滅人性的虐殺，多少無辜的生靈在火車車門關上那一瞬間被判死刑，多少人間摯愛在鐵門關上那一瞬間消弭，靜寂的哭聲，在種族優越感中斷氣。

種族主義披著虎皮
手持子彈的暴躁
當你們枯草般倒下
神終於能撿起靈魂，看著
史書流出世紀最傷的
血

一切不是血的緣故？（〈春天的枯原〉）

權力使人瘋狂，一個鞋匠的兒子，曾經立志要做牧師的信徒，只因扭曲的種族優越感作祟，任意運用至高無上的權力屠殺六百萬猶太人，發起戰爭犧牲近兩千萬條無辜生命，這種被歷史養大的惡魔巨獸，傅柯一句話道破：「長期以來，只有偉人的言行才值得用嚴肅的口氣來講述：只有血統、家世和功業才能授予一個人留名青史。」（Foucault, Michel. 2010:111）毫不客氣地指出自古以來，歷史上的豪族王公們，為了維護他們統治權力的絕對性，靠著剝削弱勢人民來豢養自己的氏族，甚至於通婚也必須選擇與自己門當戶對的貴族，導致於家族皇朝由盛而衰，有起有落，踏著別人的鮮血崛起，之後又消滅在讓別人踏著自己的鮮血上，權力一旦沾上身，必無所不用其極地做盡傷天害理的事，巧取豪奪，終至種下王朝血脈斷裂消失，歷史是一面鏡子，映射著庶民蒼生螻蟻般的宿命。

狼狗的眼神祭司死亡
你們在樂聲中跳舞，挖掘
自己的墓穴，音樂終止時
開出死亡花朵
遼闊一片空中墳墓

統治精英們遂行私慾，不斷地運用權力修補自身的貪婪，以及建構種族優越感來滿足虛假的榮寵，他們用手動微調的方式把世界弄得鮮血淋漓，泥濘不堪，瘋狂的行徑終將為自身惹來災難反撲，自己的墓穴自己挖掘，郭至卿以大悲的心藉著春天的枯原，向二戰犧牲的無辜人民憑悼。

階級暴力

如果真有造物主存在，那麼我們要吶喊，祂擁有至高無上權力更凸顯了祂的不公不義，「肖立厄公爵（Duke de Chaulieu）在《新婚夫婦的回憶錄》（*Memoires de deux jeune msries*）中說過，法國大革命，不僅斬下了國王的首級，也砍下了所有作為一家之主的男人的頭。」（Foucault, Michel. 2010:110）傅柯以譏諷的語氣形容了西方歷史封建王朝的終結方式，卻忽略了遙遠的東方，仍然有許多割不斷權力鬥爭的血腥現象，滿清王朝用人民的鮮血換取傾頹、日本軍國主義的覆滅用兩座城池的人民陪葬，還有亞洲南方一個曾經叱吒歷史的悠久國度，統治集團卻仍舊擁抱著自己的階級特權，持續地蹂躪著下階層人民的宿命，絲毫沒有愧疚之心，郭至卿在

〈凋萎的渴望〉中如此低吟著：

歲月靜靜梳過恆河
印度的長辮落下淺淺嘆息

性別歧視的眼光，升溫
烘烤一幕幕悲劇
陽光在冷血上　折斷翅膀

法國大革命開啟民主時代的帷幕，人人平等的思想早已普及到世界各個已開發國家角落，而在東亞許多民族仍然維持著儼然階級優越感的社會制度，欺凌弱勢階級，古典時代的權力意識，製造了自私與貪婪的惡魔，善用漂亮的口號，扭曲祖先留下來的話語真義，合理化腦滿腸肥、橫徵暴斂、恣意妄為、欺壓良善的行為，這些民族高層階級的權力症候群，不只非常嚴重，更已無可救藥。

宗教與窮困伸出父權的手

為瘦小的童話披上華麗嫁裳
幼小的眼睛一夜瞪大
噤聲　喘息　不敢正視青春

種姓制度
冰凍了人權的前世與今生　（〈凋萎的渴望〉）

傅柯提出權力的兩種病理形式：「兩種權力病——法西斯主義和斯大林主義。」（Foucault, Michel. 2010:281）這兩種權力病的症狀正好闡明了現代國家暴力的特質，法西斯主義催生了納粹種族主義，斯大林主義扭曲了馬克思共產主義宣言無產階級革命的真義，兩大權力病為現代政治領域帶來了淒厲的劫難，而種性制度除了具有兩種病的症狀之外，更加殘酷地滲入社會細微階層中荼毒生靈，階級優越感居然還能夠區分層次，集體凌虐社會最弱勢的階層，不管在法治、道德、倫理、宗教教義上，都一致地矇上眼睛，對權力造成的不公不義視若無睹，且為其建構合理化平台。剖析這種制度的衍生，來自男性沙文主義的極端放大版，「父權的手／為瘦小的童話披上華麗嫁裳」、「種姓制度／冰凍了人權的前世與今生」，歷史上許多精英階級彼此爭奪權力，哪能懂得照顧為其犧牲奉獻的人民溫飽，哪能懂得讓努力向上的平民階級有機會翻身，容許有才氣、有能力的個人走進效忠特權族群的領域；而種性制度則嚴厲地把階級封鎖在權力之外，連為了防止政治合理性導致權力氾濫的哲學思辨，也被種性制度的階級劃分框架予以架空，把良知、良能關閉在變質的權力斗室裡，階級制度凸顯出人性底層的自私與苟且，無視於生而平等的先天人權。

瑪哈陵尊貴的白
靜默地看著
煉獄中花朵以
凋萎　換取自由　（〈凋萎的渴望〉）

在階級暴力下，也只剩下沉默的抵抗權。

傅柯一針見血：「權力或許是暴力關係的原初形式，永恆的秘密和最後的手段。一旦迫使它撕開面具，露出真身，它的真正本質最終會暴露出來。」（Foucault, Michel. 2010:291）我們等著看，那孕育自權力的暴力關係的最終結局將會如何。

資本主義暴力

資本主義暴力就是財富暴力，中國有一句成語：「笑貧不笑娼」，意思是說財富也構成一種愚昧的權力，在封建時代，財富集中在少數王公貴族氏族集團身上，其他庶民基層普遍均貧，王公貴族的權力除了武力之外就是財富。工業革命以後，製造業培育出跨國企業集團，商業發展、資訊普及、交通暢達、科技進步，孕育了資本主義的溫床，少數跨國集團的財富及軍事力量足以掌控國際事務和興衰，已開發國家憑其優越的權力任意蹂躪貧窮國家，軍事政變、武力入侵、製造分裂、離間戰亂等諸種下流手段以遂行監控、剝削與套利的目的，資本主義的異化現象導致於絕大部分貧窮的庶民在水深火熱中掙扎求存，身為這一個地球生物的一份子，每一條生命享有追求幸福與身家安全的權力，政治腐化，國家衰敗，歸根結底都離不開權力作祟，自古以來，精英集團的鬥爭一直未曾停止過，只是形式轉換，本質沒變，資本主義暴力其實只是權力裂罅當中的一種新型態而已。

輕得停止在泡沫上

相約一起長大的夢想
好遠　也好甜　卻薄如蛋殼
竟和他並肩游進死亡　（〈誰能埋葬疑問〉）

郭至卿看到薩爾瓦多父女著短褲，在美墨邊境偷渡喪命於無情的浪濤中，有感寫出〈誰能埋葬疑問〉，開頭便哀哀地吟誦著：

現實和希望可以談和嗎
濤聲是否能註解雙方抵岸時
無聲的毀滅
趴在水草間的臉對誰掩面　（〈誰能埋葬疑問〉）

盡管許多古聖先賢留給後代的遺訓，諄諄教誨我們要安貧樂道，要守貞守義，但是連日常生活的苦難都無法捱過，多麼神聖的箴言戒律，也解決不了生存當務之急；紀登斯指出：「非現代國家中的日常生活……，與當今西方國家中大多數人的日常生活相比，絕大多數時候，仍顯得更為無力，而且也潛在地更富暴力性，傳統國家的農民時常居於難以忍受的貧困狀態之中，稅官們佔用了他們所產的一切剩餘，他們遭受著飢荒、慢性病和瘟疫的煎熬。他們還面臨著土匪和有武裝的劫掠者們的襲擊，由此，日常生活中的暴力看來頻繁而又激烈。」（Giddens, Anthony. 2005:102）階級分化社會中的庶民，自古以來都扮演著受害者的角色。現實和希望一直是掌控權力與暴力手段者的口號，這些資本主義培育出來的新布爾喬亞，一旦擠身在財富、政治、軍事圈子裡，把胃口養大，整個世界便成為他們餐桌上的菜肴，有人企圖卑微地想分一杯羹，立刻會遭到無情的殺戮與殘害，成為權力大圓餐桌底下的犧牲者。

強權暴力

強欺弱、大欺小，這種人性醜態，隨時都可以在生活四周觀看得到，連最基本的社會基礎單位「家庭」中，都在即時演出，達爾文的物種進化論在靈長類動物門中屢見不鮮，推而廣之，在幼稚園、小學校、中學，甚至於大學校園，霸凌事件還只能算是芝麻綠豆的小麻煩；在職場，社會各種領域中，強權暴力幾乎是人人必經的苦難，小則失財失利，大則丟掉性命；再廣而視之於國際關係，強權國家欺壓弱勢國家，戰爭成為強權支配弱勢的優勢暴力工具。

亨利．威廉森（Henry Williamson）在其著作《濕漉漉的佛蘭德平原》（*The Wet Flanders Plain*）中有一段話：「寬闊狼藉一片的索姆河田野中……，寬大的鐵絲網鏽跡斑斑，殘破不堪，凌亂地在白堊土中婉蜒……，機槍的槍聲換作了尖叫聲，好像一台引擎正噴著蒸氣，很快地就無一人站立。」（Williamson, Henry. 1929:14 / Giddens, Anthony. 2005:331）兩次世界大戰的罪孽，除了數千萬無辜人民的生命葬送之外，也誘發戰爭工業化的後勢發展，武力成為政府治理過程當中更強暴力的運用工具，民主政治只是外表漂亮的包裝紙，高科技被使用在發展對外發起戰爭，對內更嚴密監控上，平民的權力一樣被恣意削減，媒介照樣被恫嚇，工會的罷工權力被剝奪，政治對手被壓制；甚至於某些強權國家以控制弱勢國家，獲取利益為目的，在各國鼓動反對勢力發起內戰，巧取豪奪，視世界為他的刀俎，戰爭是強權的極端暴力，郭至卿在〈碎裂的鴿聲〉中述說著：

子彈衝破「禁入」的牌子

粉碎站崗的陽光
被槍斃的寧靜
引出槍管的怒火

恐懼的細胞繁殖在戰壕裡
戰爭進行曲震聾口袋的相片
只有四周牆壁伸出手
抓住四竄的槍聲
（〈碎裂的鴿聲〉）

愚蠢的庶民只有忍辱吞聲的權力，對戰爭背後的真實一無所知，尤其是現代戰爭，超級大國的霸權，利用武器交易以及軍事聯盟在世界各處布局，建構未來的戰爭體系，為自己的利益埋下伏筆，更有甚者是製造核子武器的科技：「1968年的核武非擴散條約，禁止核子武器從核武國家轉移到其他國家，有一百多個國家簽約，但還有一些政府拒絕簽字。」（Giddens, Anthony. 2005:358）無獨有偶的是沒有任何人能夠禁止強權停止或全面消弭核武，擁有核武卻又無法禁止核武擴散，一方面鼓動戰爭，一方面霸凌弱國，未來是否將發生比兩次世界大戰更慘絕人寰的毀滅性戰爭，我們無法預測。只知道某種可能性情況正在等著發生。

性別暴力

她說，女人是月亮
被雲擦傷後更顯光芒
父權築起的高牆
攔不住被磨亮的月光（〈祖母口中的月亮〉）

傅柯說：「靈魂是由什麼構成的。靈魂無法認識自己，除非它能在一種類似元素——一面鏡子——裡看見自己。」（Foucault, Michel. 2010:291）造物製造人們，為他們設置了五官，給予六覺，足以看見別人，卻無法看清自己，這是人類原罪的淵藪。人一出生便處於權力無所不在的世界，原本就眼盲的自我，浸淫在權力的穢水中，更加汙穢不堪。在性別關係中維持穩定平和的元素是「愛」，而用來驗證脫序、裂解狀態的「熵」值，我們可以稱之為「父權意識」。

電磁學大師麥斯威爾（James Clerk Maxwell）有一段寓言：「熱力學第二定律就等同以下陳述；如果你把一杯水丟進海中，無法再拿回同樣的一杯水。」（Gleick, James. 2018:139）熱力學第二定律指出熱量的發展可以從熵值找到參數，不幸的，熵值是一種不可逆的成長值，宇宙最大的熵值，偏向終極無秩序狀態，而且無法回頭，當熵值發展到絕對值時，太陽和星星將會轉向黯淡而消逝，逐漸走入「熱寂」（heat death），宇宙的未來，不是轟天巨響，就是窸窣耳語。兩性之間的感情當中，有一個隱藏著，卻不斷遞增的熵值，尤其在男女組成家庭之後，原本期待中的幸福與快樂的人生，在熵值遞增下，結果並不是真的如此，世間多少曠男怨女、多少家庭悲劇在不斷進展，熵值有如潛藏在家族傳統意識深處的大男人沙文主義，尤有甚者是在顯赫的精英家族當中，以男人為重心的特權，導致於盲目的人性醜惡面暴露無礙，赫特曼（H. Hartman）在〈馬克思主義與女性主義中的不快樂的婚姻解讀〉曾經說過：「我們可以很有效地將父權體制，定義成一整套的社會關係。而這套社會關係是介於擁有物質基礎的男性之間，並且經由階級制度，建立或製造男性的獨立性與集體性，使男性可以因此而支配女性。」（Hartman, H. 1979:11），父權體制就是權力優勢導致由男性支配的社會關係，從而剝削、壓迫、全面宰制弱勢女性，也界定了性別不平等關係的現象，父權體制建立在家庭關係中，其形成的元素也是經濟、階級、知識、社經地位、家族傳統等優勢靠向男性，以及最關鍵的優越感意識導致於性別沙文主義之形成。性別暴力害慘了許多女性本身，並在下一世代的心理造成莫大的傷害，在大家庭中甚至禍延三代，許多社會問題幾乎都可以聚焦在父權主義的元凶身上。

祖母手上的繭
和沒被磨平的皺紋，一定
藏了些什麼
肩上挑的一家子重量
沒壓扁
為我哼唱兒歌時的溫柔

她的話很輕
沒有可以坐穩的椅子　（〈祖母口中的月亮〉）

從這幾句詩句當中，我們不難體會到其中所謂的「隱含義」正在寂靜地向上天述說著，述說著祖母手上的繭、皺紋中隱藏的辛酸、肩膀上的重量不如心靈中的負擔、還有永遠坐不穩的椅子等，都指向曾經被父權蹂躪過的創痛，唯一在兒、孫小心靈間鏤刻的溫馨，是哼唱兒歌時的溫柔顏色，就這麼一點慈祥與愛，就足以抵抗那無垠的醜陋人性。

權力之熵

前面說過：「熵值有如潛藏在家族傳統意識深處的大男人沙文主義」，由此小小定義擴而大之，不妨下一個更大的定義：「熵值有如潛藏在傳統社會意識深處的權力關係」，熵是一種不能反逆的社會道德失序症候群的病因，人性之熵源自於恐懼本質，現代人與古代人一樣，從沒有改變，這種恐懼從生活的諸種現象直接穿刺進人們的靈魂，如濫用權力侵犯自然，人類患的過錯就像回力飛鏢一樣，必然會反撲回來；宇宙行之不悖的因果律，會在人的良知良能裡與劣根性對抗；缺少愛與謙卑，自卑導致自大，企圖操控自己或別人的生命；對未知的害怕、性靈空虛等都是恐懼應運而生的因素。

不成熟的人格，則利用權力來麻痺內在自我意識；權力使人罹患大頭症，當自身擁有的價值總額，大於自身的總額時，權力病因而誕生，壓抑別人藉以填補自己心靈的黑洞，而最容易傷害的對象就是身旁最親密的人；三人成眾，被權力傷害的組織結構，從最基本的家庭，進而擴及家族、民族、社會、國家、國際等組織結構，因之我們可以從種族暴力，階級暴力、資本主義暴力、強權暴力、性別暴力等現象，看到權力之熵，當熵值發展超越一個絕對值之際，唯一的途徑就是誘發暴力革命，以暴制暴，用流血來阻止流血。

宇宙之熵可能無法逆轉，但是我們都知道，權力之熵的唯一萬靈丹是平等與博愛。

參考資料：

黃瑞祺，2005，〈紀登斯現象〉，《民族國家的暴力》，*The Nation-State and Violence*, 中譯：胡宗澤、趙力濤，遠足文化事業有限公司，新北市。

Foucault, Michel. 2010，《福柯讀本》，*Michel Foucault A Reader*，主編：汪安民，北京大學出版社，北京市。

Giddens, Anthony. 2005，《民族國家的暴力》，*The Nation-State and Violence*, 中譯：胡宗澤、趙力濤，遠足文化事業有限公司，新北市。

Gleick, James. 2018，《我們都是時間旅人：時間機器如何推動科學進展，影響21世紀的人類生活》，*Time Travel:A History*，中譯：林琳，時報文化出版企業有限公司，台北市。

Hartman, H. 1979, 'The unhappy marriage of Marxism and feminism', *Capital and Class* Summer issue;reprinted in L. Sargent(ed), *Woman and Revolution:A Discussion of the Unhappy Marriage of Marxism and Feminism*, London, Pluto Press, 1981.

語言文學類　PG2494　台灣詩學同仁詩叢05

剩餘的天空

作　　者／郭至卿
主　　編／李瑞騰
校　　對／殷毓華
責任編輯／石書豪
圖文排版／周好靜
封面設計／蔡瑋筠

發 行 人／宋政坤
法律顧問／毛國樑　律師
出版發行／秀威資訊科技股份有限公司
114台北市內湖區瑞光路76巷65號1樓
電話：+886-2-2796-3638　傳真：+886-2-2796-1377
http://www.showwe.com.tw
劃撥帳號／19563868　戶名：秀威資訊科技股份有限公司
讀者服務信箱：service@showwe.com.tw
展售門市／國家書店（松江門市）
104台北市中山區松江路209號1樓
電話：+886-2-2518-0207　傳真：+886-2-2518-0778
網路訂購／秀威網路書店：https://store.showwe.tw
國家網路書店：https://www.govbooks.com.tw

2020年11月　BOD一版
定價：320元

國家圖書館出版品預行編目

剩餘的天空 / 郭至卿著. -- 一版. -- 臺北市 :
秀威資訊科技, 2020.11
面 ； 公分. -- (語言文學類 ; PG2494)
(台灣詩學同仁詩叢 ; 5)
BOD版
ISBN 978-986-326-852-9(平裝)

863.51 109014016

讀者回函卡

感謝您購買本書，為提升服務品質，請填妥以下資料，將讀者回函卡直接寄回或傳真本公司，收到您的寶貴意見後，我們會收藏記錄及檢討，謝謝！
如您需要了解本公司最新出版書目、購書優惠或企劃活動，歡迎您上網查詢或下載相關資料：http:// www.showwe.com.tw

您購買的書名：________________________________

出生日期：________年________月________日

學歷：□高中（含）以下　□大專　□研究所（含）以上

職業：□製造業　□金融業　□資訊業　□軍警　□傳播業　□自由業
□服務業　□公務員　□教職　□學生　□家管　□其它____

購書地點：□網路書店　□實體書店　□書展　□郵購　□贈閱　□其他

您從何得知本書的消息？

□網路書店　□實體書店　□網路搜尋　□電子報　□書訊　□雜誌
□傳播媒體　□親友推薦　□網站推薦　□部落格　□其他________

您對本書的評價：（請填代號　1.非常滿意　2.滿意　3.尚可　4.再改進）

封面設計____　版面編排____　內容____　文／譯筆____　價格____

讀完書後您覺得：

□很有收穫　□有收穫　□收穫不多　□沒收穫

對我們的建議：________________________________

____

____

____

請貼
郵票

11466
台北市內湖區瑞光路 76 巷 65 號 1 樓
秀威資訊科技股份有限公司 收
BOD 數位出版事業部

（請沿線對折寄回，謝謝！）

姓　名：________________ 年齡：________ 性別：□女 □男

郵遞區號：□□□□□

地　址：________________________________

聯絡電話：(日) ________________ (夜) ________________

E-mail：________________________________